カケラ

湊かなえ

集英社

カケラ

田舎町に住む女の子が、大量のドーナツに囲まれて自殺したらしい。
モデルみたいな美少女だとか。
いや、わたしは学校一のデブだったと聞いたけど——。

プロローグ

夜通し生激論　本日のテーマ「校則」

必ず守らなければならないことは、片手で数えられるだけに留《とど》めた方がいいのではないでしょうか。

たとえば、「SNS上に誹謗《ひぼう》中傷を書き込まない」、「精神的、身体的に他者を傷つける行為をしない」、「他者の学業を妨げる行為をしない」、この三つさえ守っていれば、学校は、今よりは子どもたちが過ごしやすい環境になるんじゃないかと思うんです。

先生たちだって忙しい。

授業に部活動、進路指導に生徒指導……。生徒たちに投げなければならないボールはたくさんある。先生から投げられたボールを生徒たちは受け止め、そのキャッチボールが円滑に進めば、教師と子どもたちのあいだに信頼関係が生まれる。

入学したての頃の生徒たちは誰だって、どんなボールが飛んできてもキャッチしようとがんばるでしょう。だけど、受け止めきれないほど多くのボールが飛んできたら。

全部キャッチすることをあきらめるんじゃないでしょうか。それどころか、ボールそのものに意識を向けることを放棄する。あれはくだらないものなのだ、自分に関係ないものなのだ、と自分に都合のいい解釈をすることになる。

そうして、大切なことまでもが、守られなくなってしまう。

私が必要ないと思っている校則ですか？

今モニターに出ている項目でしたら、「服装・頭髪に関する規定」はいらないんじゃないでしょうか。多様性という言葉が浸透した今でも、かなりの学校がまだこれをやっていますよね。

髪の色、スカートの丈、化粧。これらが学校のルールからはみだしたところで、誰が困るというのでしょう。女子がズボンをはいたっていい。加えて、二重瞼《ふたえまぶた》への矯正。これは、放課後に何時間も費やして怒られなければならないことなのでしょうか。

集団性が損なわれる？

皆が足並み揃《そろ》えて同じ行動をすることを、まだ良しと考えているんですか？　顔も体型も性格も、学習能力も運動能力も、人それぞれ違うのに。

私よりも現場の先生方の方が詳しいはずですが、不登校になる子どもが皆、イジメを受けるといった酷《ひど》い目に遭っているわけではありません。たいていの大人が理解できない、些細《ささい》な違和感で気持ちのやりどころを見失ってしまう子が大勢いるんです。

世間が良しとするもの、学校が良しとするもの。小さな枠にどうにか自分を押し込めようと努力したのに、うまく入りきれないと感じるもの。私はそれが違和感の正体ではないかと思います。

砂の入った袋を想像してみてください。小さな違和感は、その袋についたひっかき傷のようなものなのです。小さな裂け目を必要以上に気にして、自分が触っているうちに、裂け目が広がることもあれば、自分ではそれほど気にしていない、もしくは、気にしないようにしているのに、他者が無遠慮にそこを触り、袋に穴をあけてしまうこともあります。

裂けた袋からは、砂が溢《あふ》れ出す。この砂とは何か……。

自信です。

自己肯定感です。

誇りです。

尊厳です。

その砂が溢れ出す穴を繕う手助けをするのも、教育者である先生方の役割なのではないでしょうか。そして、私は美容外科医という職業も、そのお手伝いができると信じています。もちろん、私が相手にするのは学生だけではありません。むしろ、全体の割合から見ると、少ない方です。

宣伝をしている？　まさか。

私は自分から他者に対して美容整形を促したことは一度もありません。クリニックに来てくださった患者様に対してさえ、こちらから、目をこうしましょう、鼻をこうしましょう、と勧めることはありません。

患者様のご要望を聞き、それに対して何ができるのか、どの施術が最適なのかを検討して、ご提案するのです。

二重瞼にしてほしいとおっしゃる患者様に、鼻を高くする提案はしません。たとえ、そうしたほうがその方は美しくなるのではないかと思ってもです。

それは言ったほうがいい？　そうでしょうか。もちろん、患者様のカウンセリングをしていく中で、「とにかく美人になりたいんです。どうしたらいいでしょうか」といった質問を受ければ、目よりも鼻ではないかとアドバイスをします。

だけど、クリニックのドアを叩く人、特に初めての方は、ここをこうしてほしいと目的を明確にすることが多い。

それって、ドアを叩くまでに、悩まれた証拠だとは思いませんか。二重瞼にしたいと考えるまでには、何かしらの理由があるのです。

直接、目のことをからかわれた。目付きが悪いと言われた。教師から注意をされて、ただ見返しただけなのに、「何だ、その目付きは」と怒られたことがある。これでは、この先の進学や就職にも影響を及ぼしかねない。そういったことを、親御さんのほうが心配されて、お子さんを連れて来られるケースもあります。

また、間接的にも、友だちができないのは、目のイメージから冷たい人だと判断されているからかもしれない、と考える人もいれば、好きな人が他の女の子を選んだのは、あの子は二重で自分は一重だからだ、と決めつけている人もいます。

目が原因ではない？　問題はそこではありません。

重要なのは、目が原因だと、本人が思っていることです。その解決策が二重瞼の手術なら、簡単なことではないですか。もちろん、費用はかかります。簡単な手術なら数万円で済みますが、瞼の状態や筋肉のつき方などによっては、数十万円の手術が必要なこともあります。

それをきちんとお伝えし、最終的に返事をされるのは、患者様です。覚悟を決めて返事をした先に、今よりも幸せな毎日が待っていると信じて。

勇気を持って、一歩踏み出す決意をされたのです。

それを、どうして否定するのでしょう。

中には、内申書に響くと教師から脅しのようなことを言われて、元に戻してくださいと泣きながらやってくる子もいました。結局、二重瞼のまま帰りましたが、そのあと不登校になってしまったと聞きます。

そんな校則、必要ですか？

本末転倒。二重瞼にすることによって前向きな気持ちで学校に通えるようになる子がいるのに、校則でそれを禁止するなんておかしいじゃないですか。なぜ、美容と教育を切り離して考えようとするのですか？

どちらも、心の豊かさにつながる行為だというのに。

金をかけてまで、手術をしてまで、ですか。視力が悪ければ、眼科に行きますよね。虫歯になれば、歯医者に。風邪をひけば、内科に。

容姿の悪いことと病気を一緒にするのか。病気で苦しんでいる人に対して失礼にあたるのではないか。これは、とんだ揚げ足をとられてしまいました。まるで、詐欺師のような扱いですね。

皆さん、ここに用意された私のネームプレートをよく見てください。私は、医者です。医学部を卒業し、国家試験に合格し、必要な研修も受け、国から許可を得たクリニックを経営しています。

そのクリニックを訪れる人に、苦しんでいない人などいません。

一人でも多くの人が、自分を愛することができるように。

私はそのお手伝いをしているのだと、自分の職業に誇りを持っています。

第一章

ロック・ジュウヨン

痩せたいの――。

ついに、デッドラインを超えちゃったから。

痩せようと思ったのは初めてじゃない。ダイエットも何度かしたことがある。けれど、危機感を覚えたのは今回が初めて。だって、人生マックス、まさか自分がこの体重になるなんて、想像もしていなかった。

そもそも、ダイエットだって、私の人生には無縁だと思ってた。

小学生の頃、意地悪男子に「トリガラ」ってあだ名をつけられてたくらいなのに。そうそう、堀口弦多《ほりぐちげんた》だよ。「チビ」って言われて逆切れして、なぜか、私が八つ当たりされたの。私は何も言ってないのに。

確か、サノちゃんだよね。

ゴメン、って……。ホント、美人は得だよ。口が悪いのはサノちゃんなのに、みんな怯《ひる》んで、隣にいる私がとばっちりをくらうんだから。

脅したつもりはない？　知ってる。みんな、睨《にら》まれて怯むんじゃなくて、微笑《ほほえ》まれて怯んでたことくらい。今から思えば、そっちの方が怖いよね。笑顔で相手を石化させるなんて、並みのかわいい子じゃ無理だもん。

信号が小学校の前に一つだけあるような田舎のおさななじみとして、物心ついた頃にはサノちゃんが当たり前のように隣にいたから、世の中には三〇人に一人くらいの割合で美人が存在するって思ってたけど、結局、自転車を二〇分こいで中学に通っても、バスに一時間揺られて高校に通っても、飛行機に乗って上京した大学に進学しても、サノちゃん級の美人には出会ってない。

まあ、元ミス・ワールドビューティー日本代表に今更こんなこと言っても仕方ないんだけど。

それに、「トリガラ」なんて、今となっては愛《いと》おしい。私のことを嫌いな人が一万個悪口を並べても、絶対に出てこないフレーズなんだから。

まったく、人間の体って不思議だね。みんな、私が痩せているのはうちが貧乏だからと思ってたかもしれないけど、そういうわけじゃないんだよ。

農業なんて、収入は低いのに体力は膨大に消費するでしょう？　ここまで割に合わない仕事って他にある？　しかも、たまたまその家に生まれたってだけで、子どものあいだはタダ働きしなきゃいけないんだから。

ホントにタダ。子どもなんだから一日一〇〇円でももらえたら満足できるのに、一円ももらったことがない。金で動くような人間になるな。うちのばあさんの口癖よ。そうやって、私の両親にもお金の管理をさせずに、自分一人でため込んじゃってさ。

ということは、農業をしていたからうちは貧乏だったんじゃなくて、単に、家庭内でお金がまわっていなかったってこと？

立派なハラスメントじゃん。何ハラ？　ババハラ？

そんなばあさんがお母さんに、三食しっかり作れ、って命令するわけよ。しかも、ばあさんから両親に支給される月に一〇万にも満たないお金で工面しなきゃならないの。米や野菜は自給自足できても、肉や魚をケチると怒る。品数が少なくても怒る。

だから、食卓にはいつも、皿がのりきらないほどの料理が並んでいた。

当時はカロリー計算なんて概念は持っていなかったけど、振り返ってざっと見積もってみても、毎食、一人二〇〇〇キロカロリー分はあったんじゃないかな。

そんな量を、子どもが全部食べ切れるわけないでしょう？　それで残すと、ばあさんに怒られるの。戦時中の話しながら。なのに、自分は残してる。口に合わない、って、お母さんのせいにして。なのに、太ってるの。

今思えば、農家は体力勝負だからとか、戦時中がどうこうとかじゃなく、自分が太ってることがコンプレックスだったんじゃないかな。私が五歳の時に死んだじいさんは、中肉中背で太ってるとは言い難かったけど、ばあさんは明らかに太ってたでしょ。

そういやサノちゃん、うちに遊びに来た時、ばあさん見て「ブタみたい」って言わなかった？　それで、あの晩はいつも以上にネチネチ怒られたんだよ。

ああ、思い出した。あんな失礼な子とは遊んじゃいけないとか、はっきりサノちゃんへの文句を言えばいいのに、私の箸《はし》の持ち方がおかしいって言い出して。他にも、トイレのドアを音を立てて閉めるのが耳障りだとか、言葉遣いが悪いだとかケチ付けて、結局、しつけがなってないって、お母さんが責められるの。

あれも全部、嫉妬《しっと》だよ。

お母さんは年々たくましくなっていたけど、昔はホントに、華奢《きゃしゃ》ではかなげな美人だったんだもん。よく、男は自分の母親に似ている人を好きになるなんて聞くけど、うちのお父さんの場合は真逆。ないものねだりの方。お母さんと結婚する前に彼女がいたのかどうかは知らないけど、好きな女優、みんな細い人ばかり。胸やおしりの大きさより、ウエストの細さを重視って感じ。

そういえば、ばあさんが泣きながら怒ってたことがある。私がまだ幼稚園に入ったばかりの頃だったけど、ばあさんが泣くのなんて初めて見たし、その後も記憶にないくらいだから憶えてる。じいさんがお母さんに服を買ってきたんだった。高級そうでもオシャレでもない普通のセーター。

私はあんたに服なんか買ってもらったことはない。どうせおまえはワシが選んだ服なんか文句ばかり言って着ないだろう。ばあさんとじいさんがそんなやり取りしていて、お母さんが気まずそうにしてたっけ。

ばあさんだって、女だったんだよね。そりゃあ、性別的に女だってことは、子どもの頃からわかっていたよ。だけど、年寄りっていう人種で、オシャレをしたいとか、きれいでいたいとか、ましてや、外見を褒められたいとか、男から愛されたいとか、そういう願望があるなんて考えたこともなかったわけ。

藤色のニット帽を年がら年中かぶっているのも、頭が寒いんだと思っていたけど、自分が気にするようになって初めて、薄毛隠しかなって思うようになった。

えっ、サノちゃんのクリニックでも高齢者の患者が多いの？　美容外科なのに？　意外。年をとっても美しくありたいと願ってる、くらいまでは想像できても、美容整形受けるのは、また別次元の問題じゃん。

何の目的で？　好きな人がいるからとか、結婚したいからとか、人前に出る仕事や趣味を持っているからとか、オーディションがあるからとか、美容整形って、外見で勝負する必要に迫られた人がやるものじゃないの？

シミ取り？　なるほど。それでも、サノちゃんのところだと、何十万って費用が必要なんでしょう？　まさか、五〇〇〇円じゃできないよね。

やっぱり、何十万もするんじゃない。しかも、予想の倍以上だった。サノちゃん、それって真っ当な価格なの？　ヤダよ、サノちゃんが警察に連行されてるところをテレビで見るなんて。ああそう、大丈夫なの。事前に念入りなカウンセリングをして、予算もちゃんと伝えておくわけね。

じゃあ、お客はその金額を受け入れてるわけよね。大金払って、シミを取ったりシワを伸ばしたりして、その先に何があるのかな。払った金額以上のものを得られるからやるんでしょう？　先もそんなに長くないのに。

酷い言い方？　サノちゃんほどじゃないよ。でも、サノちゃん、ネコかぶるの上手くなったよね。見たよ、このあいだの、何だっけ？　そうそう「夜通し生激論」だ。すごいね、もう芸能人じゃん。

――二重瞼にすることによって前向きな気持ちで学校に通えるようになる子がいるのに、校則でそれを禁止するなんておかしいじゃないですか。なぜ、美容と教育を切り離して考えようとするのですか？　どちらも、心の豊かさにつながる行為だというのに。

似てたでしょう？　今の言い方。訛《なま》りもまったくないし、サノちゃんのこと勝手に東京出身って思ってる人多そうだよね。

まあ、検索すれば一発でわかるし、経歴を隠さないところが、サノちゃんのカッコ良さだとも思うんだけどさ。いろいろ合併があって、けっこうな田舎でも市になってるのに、我らが故郷はいまだに郡だもんね。大字《おおあざ》とか、あれ、書かなきゃいけないのかな。宅配便の伝票、住所欄、スペース足りないよね。

ていうか、めちゃくちゃ脱線しちゃった。ダイエットだよ。

私も高齢者のことをとやかく言える立場じゃないんだけどね。旦那も子どももいるし、在宅の仕事で、異性との新しい出会いなんてまったくないし。宅配便の人も写真集に載るような感じじゃないし。あれ、本当に業者の人たちなのかな。

旦那？　結婚当時から二〇キロ以上太ったのに、直接、文句を言われたことはない。もともと、二次元にしか興味がない人だからね。私が五〇キロ超えした時に、ヤバいヤバいって大騒ぎしていても、何が？　の一言だけ。

四二キロから五〇キロだよ。あいだに出産があって、一時的に五〇キロ超えしたことはあったけど、出会った頃と八キロも違えば、普通は気付くだろうし、ダイエットの応援だってしてくれそうじゃない。なのに、頑張って二、三キロ痩せても、変わったっけ？　なんて首をひねられたら、こっちもバカらしくなってしまうでしょう？

一気に、五五キロ突破よ。

子ども？　何も言わない。娘。今、中一だけど、私に似てガリガリ。あっ、昔のね。ご飯はものすごく食べる。夕飯前に菓子パン、チョコクロワッサンが五個入ったファミリーパックみたいなのを、一人で全部平らげるの。そんなに食べると夕飯が入らないでしょ、って文句言ってやろうと思ったら、夕飯もペロリよ。ついでに、ご飯おかわり、だって。そのうえ、一時間も経《た》たないうちに、ポテトチップスとか食べてるの。一袋全部。

部活はバドミントン部。本人は、未経験者が想像するより何倍もハードなスポーツだって言うし、オリンピックとか見てるとそうかもしれないって思うけど、それでも、毎食ご飯一合ずつ食べる？

まあ、料理はきらいじゃないけどね。それに、作ったものをテーブルに並べると、自分も同じくらい食べてたような気がするし……、そうだよ、その話の途中だったんだ。

痩せの大食い。初めてそう言われたのって、いつだったっけ。残すと怒られるから仕方なく食べているうちに、体も慣れてくるというか、受け入れ態勢ができてくるんだろうね。割と早い段階で、それほどつらいって思わずに完食できるようになった。

しかも、体型は変わらない。ガリガリのまま。

私、二つ下に妹がいるでしょう？　そうそう、希恵《きえ》。そうだ、サノちゃん、希恵にも「子ブタみたい」って言って泣かせたことがあったよね。さすがにあの時は、ばあさんじゃなくてお母さんが、そんな言い方しちゃダメよ、とかサノちゃんに注意したっけ。

憶えてる、悪気はなかったんでしょう？　サノちゃんはおばあちゃんが誕生日に買ってくれた『三匹のこぶた』の絵本が大好きで、その中に出てくる末っ子の一番かわいい子ブタの絵に希恵が似ているから褒めたんだ、って言い訳してたよね。ポロポロと涙なんか流しちゃって。お母さんも、いいのよ、なんてあわてててたけど、あの泣き方はズルいよ。

何で、涙をちょっとずつ流すことができるの？　しかも、鼻水は出ないし、しゃくりあげたり喉《のど》を詰まらせたりもしないから、泣いてるのに普通にしゃべれてるよね。そうよ、このあいだ出ていた「夕方タイムズ」の視聴者投稿のコーナーで、散歩中の犬がケガをした子猫を見つけて、ぺろぺろなめて介抱してあげてたじゃない、あの時の泣き方だよ。

自分もいつかはできるようになるだろうって思ってたけど、中学生になっても、二十歳《はたち》過ぎても、結局できないまま四〇歳になっちゃった。

サノちゃんが嘘泣きしてるとは思ってないよ。

社会人になりたての頃とか、ちょっと注意されただけですぐに涙が出てきた。でも、何でもかんでも泣けてくるわけじゃない。子どもや動物が頑張る番組見てもぜんぜん感動できなかったし、スタジオゲストが泣いているのを見ても、わざとくらいにしか思ってなかった。

だけど、結婚してしばらく経った頃にハッと気付いたの。私、前回泣いたのいつだっけって。ものすごく記憶を遡《さかのぼ》らせないといけないくらい、泣かなくなっていた。図太くなるんだろうね。旦那や義父母に怒られようが、嫌味を言われようが、耳の奥まで入ってこない。言葉がわからない国のラジオを聴いているみたいに流すことができるようになってた。

それはそれで複雑な心境で、この先の人生、もっとパサパサになっていくんだろうなって、虚《むな》しくなったりもしたんだけど、子どもができてからは、以前よりも、涙腺がゆるくなった。自分のことじゃ泣かないの。でも、子どもの一生懸命な姿を見ていると、気付いたら涙が流れてる。

幼稚園の運動会やお遊戯会なんて、我が子が走ったり歌ったりしているだけで、涙腺崩壊よ。別に、大きな病気を乗り越えたとか苦労した経験がなくても、感動できるものなのね。でも、そういうのも小学校の低学年までかな。子どもにいろいろ期待するようになってしまうと、泣けなくなっちゃうよね。

いよいよ今度こそ、パサパサ期の到来かって思うでしょ。ところがどっこい、四〇歳が見えてきた辺りから、昔は何とも感じなかった動物や余所《よそ》の子どもを見て、鼻の奥がムズムズしてくるじゃない。生まれたての子牛が立ち上がるシーンとか、ティッシュなしには見られない。

何なのこれ。どういう仕組み？　私の脳にどんな変化が起きたってわけ？

専門分野が違う？　だよね、サノちゃんは美容外科医だもんね。皮膚科になるの？　そう、だから、ダイエットの話よ。ゴメンね、脱線しまくりで。

どこまで話してたっけ、そうだ、希恵の話ね。

姉妹でこんなに体格差があるものかって、珍しがられてたよね。学年一のガリガリの姉とぽっちゃりの妹。希恵は甘やかされて、お菓子ばかり食べているんだろう、って言われたこともある。そうだ、自転車屋のおじさんだった。希恵の自転車の補助輪を外してもらいに二人で行った時だ。

希恵はあがり症なのか、それだけで顔を真っ赤にしてベソかき始めて、おじさんも気まずそうにしていたっけ。おじさんはぽっちゃりした子の方が好きだぞ、なんてフォローもしてくれたけど、大型バイクを乗りこなす若いスレンダーな奥さんがサイダー入れてきてくれたんだから、説得力に欠けるよね。

私も訂正しなかった。面倒なんだもん。

希恵がばあさんに可愛がられているのは事実だけど、たくさん食べているのは私の方だって。希恵はご飯を残しても怒られなかった。顔も、ばあさんに似ていたから、完全にえこひいき。希恵が近所の男の子たちにからかわれて家で泣いていたら、女の子は丸い方が美人だしモテるんだ、なんて慰めてた。

それだけならいいけど、見せしめみたいに私に文句を言うの。おまえが貧相なせいで、うちが誤解されてしまう、恥ずかしい、なんて。じゃあ、どうしろって話でしょ。悔しくて、家族に隠れてしょっちゅう泣いてた。

痩せてることを怒られてたのって、世の中広しといえども、私くらいじゃないかな。

今ほどではないかもしれないけど、当時もダイエットブームはあって、グレープフルーツダイエットとかテレビで取り上げられていたのに。そういうのを見ても、バカバカしい、なんて憎々しげに言いながら、ばあさんは私に、太れ太れ、って言ってきた。ダイエットして痩せてたわけじゃないのに。

でもね、どんなに怒られても、嫌味を言われても、太りたいとは思わなかったな。だって、見ればわかる。明らかに美しくないもん。そりゃあ、監禁されて家の中しか知らない生活を送っていたら、太っている方がきれいって思えるのかもしれない。そういう国だってある。だけど、あの町は田舎といえども日本で、どんなに家の中で洗脳されかけても、一歩外に出たら、おかしいってことが一目瞭然じゃない。

それに、怒るのはばあさんだけだけど、うらやましがってくれる子はいっぱいいた。

小六の時に、鼓笛隊をやるのに学校で衣装を借りたじゃない。女子用にSが五着、Mが一〇着、Lが五着あって、最初に私にSサイズが配られるの。あとはみんな、SだMだ、私の方が細いもん、とか揉《も》めながらわけるのに。しかも、そのSでさえウエストがユルユルで、お母さんにホックの位置をつけかえてもらわないといけなかった。そのスカートを試してみたがる子がいるんだけど、誰もホックを留めることはできなかった。

サノちゃんもだったよね。

いいなあ、って言われた。ちゃんと食べてる？　とも訊《き》かれた。食べてるよ、って答えて、疑う子はいなかった。私、給食も残したことがなかったから。給食はばあさんにみつかる心配もないんだけど、何だろ、こっちはお母さんの影響かな。

お母さん、私が小学校の高学年になった頃から、ボランティアグループに入ったの。世界の恵まれない子のために募金活動をする、みたいな。

あの集会って、サノちゃんの家でやってたよね。ペーパーフラワーっていうのかな、伸縮性のある紙でバラを作って小さいブーケにして、募金してくれた人に渡すの。

うちのお母さん、手先が器用だし、没頭しやすいタイプだから家でもよく作っていて、時々、私も手伝わされた。花びらは難しいから、茎にするワイヤーに緑色の紙テープを巻くの。束ねたらどうせ見えないのに、太いところや細いところができないように均等に巻けって、珍しく、ばあさん並みに口うるさく言われて、疲れたな、ってポツンとつぶやいちゃったわけ。

そうしたら、アレが出てきたのよ。新聞の切り抜きが。

普段読んでいるようなのじゃなくて、そこの団体が発行していたものじゃないかな。視察レポートみたいな。記事の内容は詳しく憶えてない。お母さんからも読めとは言われなかった。その代わりに、目の前五センチくらいのところに、写真を突きつけられた。

飢餓に苦しむ子どもがふんどしみたいな下着姿で立ってるの。カンボジアだったかな。五歳くらい、いや、実際どうなんだろ、まあ、見た目それくらいの男の子なんだけど、全身、骨と皮しかなくて、あばら骨が一本ずつわかるくらいに浮いていた。私だって痩せていたけど、まったく比べものにもならなかった。なのに、お腹だけぽっこり出ていて。

水しか飲んでいないとそうなるんだって、お母さんが言ってた。世の中にはこんなに苦しんでいる子がいっぱいいるんだって。ばあさんの戦争の話もきつかったけど、私って耳から入ってくることはすぐに流せるみたい。嫌味を言われ続けたおかげ、とは思いたくないけどね。

でも、目からの情報はダメ。頭の中に焼き付いちゃって。その時だけでも相当応えたのに、お母さん、どうしたと思う？　その写真を切り抜いて厚紙に張り付けて、私の部屋の壁に貼ったのよ。当時好きだったサンダーボーイズのポスターの横に。

部屋のドアには鍵がついていなかったし、おまけに、布団を屋根に干すには私の部屋の窓から出すのがベストだったから、私がいない時でも普通に出入りしていたし、個室とは名ばかりの状態だったから、こっそり剝がすこともできやしない。

家族の中でお母さんが一番好きだから悪口を言いたくないし、ましてや毒親だったなんて思いたくもないけど、あの切り抜きに関してはハラスメント認定されてもいいんじゃないかと思う。何ハラになるんだろ。

サノちゃんは見せられたことない？　バラを作ってたことも知らないの？　家大きいもんね。そういや、離れがあって、そこに集まっているって聞いたことがある。

ウェッジウッドのイチゴの模様のティーセットがあって、フォートナム＆メイソンの紅茶をポットで淹《い》れてくれるんだって、どこかの景品のマグカップにティーバッグ入れて、やかんのお湯を注ぎながら教えてくれた。お菓子もいつも手作りで、バラの模様の紙ナプキンに包んだクッキーを持って帰ってきてくれたこともあるな。レーズンクッキー、おいしかったよ。

サノちゃん、レーズン嫌いなの？　そんなことうちのお母さんに言ったら、写真の前に連れて行かれて説教だよ。えっ、うちのお母さんもレーズンが嫌いだった？　なんでサノちゃんが知ってるの？　サノちゃんのお母さんが言ってたの？　だから、持って帰ってきたんだ。どうしてあの時気付かなかったんだろう。スコーンとかマドレーヌとか、話にしか聞いたことのないおやつがほとんどだったのに。

レーズン、嫌いじゃないからいいけど。幸か不幸か、私には食べられないものがないんだよ。希恵にはいっぱいあるのに。そういえば、それであの子がお母さんに説教されているところも見たことがないな。

まあ、長女ってそんなもんだよね。そうか、サノちゃんはお姉さん二人いるんだっけ。そりゃあ、平気で暴言吐けるような性格にもなるわ。

ディスってないよ、うらやましいだけ。

とにかく、食べて食べて食べまくって、私は痩せ人生を歩んできたわけよ。

中学生になったら、そこまで太ってないのに、ダイエットするって小さいタッパーに果物だけ入れてくる子がいたでしょう？　さくらんぼの種をいつまでも舐《な》めながら、そんなに食べてよく太らないね、ってうらめしそうに私の二段式の弁当箱見てるの。

痩せてるって言われるのには慣れていたけど、日ごとに視線が強くなっていくのを感じると、ばあさんとは別の意味で責められてる気がして、昼休みが憂鬱になる時期があったな。

実際、悩んでもいたんだよ。中学って、女子の部活、テニスとバレーと陸上とギターの四つだったじゃない。サノちゃんはテニス部だったよね。お蝶夫人ってあだ名されていたでしょう。きっと、私たちくらいがそのあだ名をつける最後の世代だろうね。

このあいだ、三つ年下のママ友が、たかだかランチ会なのに気合いの入った縦ロールにしてきたから、お蝶夫人かよ、って突っ込んだら、誰それ？　ってキョトン顔。マダム・バタフライですか？　って、こっちが、誰それ？　になっちゃった。私たちだって夕方の再放送だから、年齢差じゃなくて地域差かもしれないんだけど。

と、まあ、ジェネレーションギャップについてはおいといて、部活よ。球技と楽器が苦手って理由で、たいして運動神経よくないのに、私、陸上部に入ったでしょう？　サノちゃん、びっくりしてたよね。鈍足なのに、って。いつもみたいに笑いながら、カメなのに、くらいにしてくれたらいいのに、真顔で鈍足は傷ついたな。

でも、身軽な分、ジャンプ力はあるんじゃないかって、走り幅跳びに立候補した。なのに、顧問の先生から、長距離にしろ、って言われて大パニックよ。走るの？　鈍足なのに？　しかも長距離なんて、あっというまにみんなから周回遅れになっちゃうじゃん。

そう思ってたのに、いざトラックを走ってみたら、そんなに差が開かないの。それどころか、周回を重ねるごとに前の子との距離が縮まっていって、どんどん追い越していって、何が起きているのか自分でもよく把握できなかった。ただ、一人ずつ追い越す時に、他の子の息はものすごく上がっているのに、私はそうでもないことに気が付いた。

走っても走っても、まったくしんどくならないの。だから、五〇メートル走と同じ速さで一〇〇〇メートル走ることができる。持久力よ。身に付く前に排出されてると思ってた食べ物たちが、エネルギーだけはしっかり残してくれてたってこと。

思いがけない、ギフトだよ。

でも、問題もあった。練習をすればするほどタイムも上がるから、先生も気合いが入るじゃない。そうしたら、体重がどんどん減っていくの。大会二週間前の強化練習中なんか一日一キロずつ減っていった。

体調的には問題なかったんだけど、見た目で先生がヤバいと思ったみたい。三五キロになった時点で練習打ち切り。だからって、食事を増やしてもすぐに太れるわけじゃない。結果、三八キロを下回らないように練習の方を調整しなけりゃならなくなった。

初めて、太れない自分に腹が立った。

なのに、なのによ。もう、サノちゃん、何の話だっけじゃないよ。ほんの三分ほど前のことを忘れないでよ。昼、休、み。

なんでそんなに痩せてるの？　って責めるような口調で言われたけど、体質かな、って笑いながら答えたのに、どう返ってきたと思う？

――その答えが一番残酷、努力とか関係ないってことでしょう？　なんて顎突き出して睨まれるんだから、こっちも腹が立つってもんでしょう。だから、言ってやった。

――私はむしろ太りたいの。種舐めてるヒマがあったら、腹筋でもすりゃいいじゃん。

お互い反抗期だね。確か、サノちゃん、クラス別々だったよね。中学から、祝、二クラスだもん。私は憧れのＢ組。担任の先生憶えてる？　くだらない口げんかなのに、わざわざ先生を呼びに行った子がいて、何をもめているのか訊かれても、ダイエットのことでとは、私も相手も言えなかった。

それが一番必要な人は目の前の先生なんだから。授業中に、男子にもよくからかわれてた。先生が大きくて黒板の字が見えません、って。陽気な先生だったから笑いながらの、コラ、で済んだけど、今から思えば、先生あの頃は二〇代後半だったよね。案外、傷ついてたんじゃないかな。

いや、そうでもないか。私たちが卒業した年にサノちゃんの担任だった先生と結婚したもんね。休日には二人でケーキバイキングめぐりをしています！　って感じのお似合いなカップルだった。太っていることがハンデにならない人だっているってことか。

まあ、太った痩せたを普通に話せる環境って、健全だよね。サノちゃんのクラスじゃ無理だったはずだから。

ところでサノちゃん、そろそろ真剣に体のことを相談したいんだけど、若い頃の体力って何歳くらいまで蓄積できるものなの。順序立てて人生を振り返ってみると、私、学生の頃にけっこう運動しているよね。人一倍って言ってもいいくらい。

高校も陸上部入って、中学よりさらにハードな練習していたし、そうそう、高校の時の顧問の先生は私が痩せていくことをあまり問題視しなかったの。先生もガリガリだったから。健康なのに、痩せているっていうだけで心配される方が迷惑だって、ようやく同志にめぐりあえた気分だった。

身長一五五センチで、また三五キロまで落ちたけど、そこが底だったみたい。ダジャレじゃないよ。普通にトレーニングしてたら、だいたい四〇キロ前後で落ち着くようになった。

サノちゃんは高校の部活、何だっけ？　天体観測部、なんてあったんだ。それよりは、勉強部だよね。サノちゃん、中学生の頃は女優になりたいって言ってたし、サノちゃんなら絶対に叶《かな》うだろうってみんなでサインもらったりしてたのに、高一の夏休み明けに、急に医学部目指すなんて宣言したんだから、びっくりだよ。

無理でしょ、って思ったもん。いくら、地元では進学校って呼ばれてる高校でも、田舎の公立だし、過去の進学実績を見ても、医学部に合格した人なんて五年前まで遡らなきゃいないくらいだったし、その人は三歳の時から地域の人たちに神童って呼ばれてた宇宙人的な天才だったし、その人の親も東京出身の医者で、たまたま地域医療促進のためにあの町に来ていただけだったじゃん。

そりゃあ、サノちゃんだって成績は常に一〇位以内に入ってはいたけど、さすがに、医学部は難しいんじゃないかなってみんなで噂してたのに、すごいよね。ホント、顔だけじゃなく、頭の良さも、というか、あの町にサノちゃんが生まれ育ったことが奇跡だよ。

いけない、また脱線、でもないか。サノちゃんの真剣モードが学年全体に浸透したおかげで、のんびり高校にもかかわらず、みんなが勉強に打ち込むことができた。何というか、勉強を頑張る、なんて口にするのが恥ずかしい歳なのに、挨拶みたいにするっと言える環境になってた。

それって、大事なことだと思う。決意表明して自分を追い込まなきゃ努力できないことってあるじゃない。

ダイエット宣言もまさにそれ。

おかげで、私もサノちゃんと同じように、東京の大学に進学することができた。偏差値は全然違うけどね。私にとっては実力以上の結果を得られたと思ってる。あと、サノちゃんに感謝してる。本当に家を離れたかったから。

もっと食べろも子どものうちなら仕方ない。歯を磨けと同レベルと捉《とら》えることもできる。でも、ばあさんはずっと言い続けていたからね。陸上の大会で賞状もらって帰ってきても、こんな紙切れのためにガリガリになるまで走ってるのか、なんて。走るより、痩せてる方が先ってことまで忘れてるんだから。

やっと自由になれて、選んだ部活は山岳部。あの町にない景色を見てみたかったからというのと、体力的な心配はなさそうだったから。食べろという人も、食べ物を粗末にするなと写真の前で説教をする人もいない。自分が食べたい時に、食べたいものを、食べたい量だけ食べていい。夢のような生活を手に入れることができた。

その結果、多分、家にいた時より食べていたと思う。基本、山岳部は大食いの人が多かったし、私みたいに食べても太らないっていう人もたくさんいた。でも、そういう人たちに驚かれるくらい食べていた。特に山では、荷物の半分がおやつだった。

ううん、ナッツやドライフルーツといった体に良さそうな行動食じゃない。もちろん、そういうのも入れてたけど、チョコとかポテトチップスとか、ジャンクなものがほとんど。袋のインスタントラーメンも好きだったな。袋の上から麺を砕いて、スープの粉末かけるの。

休みになるたびに山に入っていたから、痩せてるなりに筋肉もしっかりついた。普段の体重は四〇キロで、山を下りた直後は四二キロになってた。一度、四四キロになっていて、山の麓《ふもと》の公衆浴場の脱衣場に響き渡るくらい声を上げたことがある。

太ったじゃん、私、って。

ただ、人生において体を動かしていたのはここまで。学生部で印刷会社の求人票見て、ここならのんびりしていて、休日には山にも行けそうだなって試験を受けたのに、そんなヒマまったくないの。それどころか、動くのは通勤と昼休みくらい。あとはずっと、パソコンの前に座りっぱなし。

取扱説明書を作ってた。メーカーが作るものだと思ってたでしょ。私も驚いた。

サノちゃんちのテレビ、何？　キングダム？　やっぱり、日本を代表するテレビのブランドだもんね。その歴代の取扱説明書を、私が作ってたって知らなかったでしょ。他にも、タイヨー電気製品のトリセツはほとんどうちが対応しているから、家庭用美容器具にも少し詳しかったりするんだ。

でも、マッサージ器の説明書を読めば全身がほぐれるわけじゃないでしょう。一日中同じ体勢でパソコンの前に座っていると、スマホ首なんて言葉を聞く一〇年以上前からその状態よ。首も肩もガチガチ、太ももは血流留めるダム状態。コーヒーを淹れようと立ち上がると、動かした部分の関節がミシミシ鳴るの。ポキポキじゃなくてミシミシ。

地中に埋もれていたロボットが動き出す、みたいな。変なたとえだよね。旦那と子どもがアニメ好きで、暇さえあればそういう番組見ているの。地中からロボットは、だいたい一話か、最終回の一話前。ああ、ゴメンね。

手しか動かさないのに、とにかく疲れて、甘い物が欲しくて、チョコレートやクッキーでエネルギー補給してたから、デスクの一番大きい引き出しはお菓子箱状態。周りも同じような作業をしていて、男女問わずみんなガチガチのバキバキだったから、よくお菓子を分けてあげていた。

そうしたら、だんだんみんなも自分でお菓子を買ってくるようになるわけ。春限定のイチゴ味が出ていたとか、デパートで有名なパティシエのフェアをやっていたとか、それぞれ個性出しながら。で、それらを私のデスクの引き出しに入れるのよ。

いやいや、給湯室の戸棚じゃないんだから各自で持っておきましょうよって、やんわり抗議したら、何て返ってきたと思う？

——自分で持っていたら太るじゃない。

意味わかんないって顔したら、結城《ゆうき》さんと同じタイミングで食べていたら、その体型は無理としても、今の状態を維持できそうにないって。

要はこれまでと同じこと。周りは私のことを、大食いなのに太らない人、って見てた。社会人になってからの体重は四二キロをキープしていたから。これってね、学生時代に鍛えてたおかげだと思うんだよね。筋肉貯金？　代謝力の方かな。

そんな、入社一、二年の話じゃない。

五年目に、制服のデザインが変わってから買ったスカートのホックも、自分でつけかえて詰めてた。

一度、通勤中に変なチカンにあったことがあって。夏場にね、普通は胸やおしりを触られるもんでしょう？　なのに、腰をつかまれたの。ほら、両手の親指と他四本を広げて腰骨の上に置く、サノちゃんお得意のあのポーズよ。びっくりしたけどほんの数秒だったから無視しておいた。そもそも、これってチカンになるの？　って思ったし。

そうしたら、翌日よ。今度は腰に手じゃなくて、ヒモみたいなものを巻き付けられた感触があった。何だと思う？　ハズレ、ベルトじゃない。正解は巻尺。びっくりを通り越して、呆然《ぼうぜん》よ。

いっそ、何センチか教えてほしかった。男って、女はみんな自分のスリーサイズ知ってるもんだと思い込んでない？　それで、酒の席で墓穴掘ってる上司って……、サノちゃんの周りにはいなそうだけどね。

とにかく、私は自分のスリーサイズを知らなかった。バストはデパートの下着売り場で一度採寸してもらったことがあるけど、ウエストやヒップは七号とかSとか、サイズ表示を基準にしていたし、ジーンズはガバガバのウエスト五八センチをベルトで締めてた。

でも、調べるのは難しいことじゃない。むしろ、どうして今まで自分で測らなかったのかって疑問に思ったくらい。家に裁縫道具もあるのに。そうだよ、小学校の時に学校で注文したあれ。ケースの模様、私はネコにしたけど、サノちゃんは？　イヌか。マルチーズだったよね。そうそう、ネコも白いペルシャ猫。その中に入っている、オレンジ色の巻尺を自分の腰に巻き付けたわけよ。

五一センチ。

見る人が見れば、何か食べさせてあげたいと思うよね。旦那もその一人。同じ会社の人は私が大食いなことを知っているけど、たまに訪れる取引先の人は知らないでしょう？　旦那は出版社で働いていて、偶然ロビーですれ違ったんだけど、いきなり、肉を食いに行きましょう、って。

ナンパといえばナンパだけど、いきなり肉。しかも、焼き肉。おまけに、ホルモン系の煙もくもくあがっています、みたいな。おいしかったんだけど。いや、ホント。

油と塩には中毒性があるんでしょう？　ポテトチップスがやめられない的な。そこのホルモンの脂もおいしくて、いいお肉の脂って甘いんだなんて感動して、おまけに、タレもあるんだけど、その店のウリは塩なの。あらかじめ肉におろしにんにくをしみ込ませておいて、それを焼いて塩で食べるのよ。パキスタンの岩塩だって。

七輪の煙がしみたせいもあるんだけど、世の中にこんなおいしいものがあるのかって涙が出ちゃった。そうしたら、毎日でも食べさせてあげるって言うんだから、そりゃ、結婚するよね。

ドレスきれいだった？　あれ、旦那が選んだんだけど、買い取りだからまだ家にある。圧縮袋に入れてるけど場所とっちゃって。このあいだ久々にあけてみたら、絵を描く前のこいのぼりみたいだなって。写真じゃ正面だからわかりにくいけど、裾の襞《ひだ》がカッコいいんだよ。

サノちゃんに結婚式で直接見てほしかったな。招待状も送ったのに、ちょうどアフリカに行ってたんだよね。そういえば、普通に旅行って思ってたけど、ボランティア活動していたんでしょう？　ミス・ワールドビューティーの時のプロフィールで初めて知ったよ。私、いいことやってます、っていちいちアピールしないのがサノちゃんのいいところだよね。井戸とか掘ってたの？

僻地《へきち》の集落に、粉ミルクを届けていた……。

聞いてる、ちゃんと聞いてるよ。いろんなことが繋がって、一瞬、フリーズしただけ。子どもの写真の話、忘れてて。サノちゃんは飢餓に苦しむ人たちに直接、何人も会ってるのにさ、それがトラウマみたいなこと言っちゃって、私、人として終わってるよね。

そういう人にダイエットの相談するのも恥ずかしいよ。サノちゃんて、いつもどんな気分で患者と向き合ってるの？　病気でもなく、単に、自分をコントロールできずにぶくぶく太った人が、痩せたいんです、とか言ってるのを、しょっちゅう聞かされているんでしょう？　しかも、筋トレでもない、食事制限でもない、脂肪吸引なんて、努力を放棄したダメ人間の選択じゃない。

自覚はしているんだよ。堕《お》ちるとこまで堕ちちゃったなって。

ここに来ることは、旦那にも子どもにも、誰にも言ってない。ダンベルやゴムチューブやダイエット本は平気で家族の目に付くところに置いておけるし、サプリメントも隠れて飲んだことなんて一度もないのに。

多分、サノちゃんが美容外科医じゃなかったら、脂肪吸引なんてあきらめていたと思う。なのに、地下鉄降りてここに向かっていたら、今度はサノちゃんのクリニックを選んだことを後悔した。

ウインドウに、しかも高級ブランドの細いドレスの前に、自分の姿が映っているのを見ておののいた。誰、これ？　って。鏡を避けていたわけじゃない。だけど、全身が映る鏡の前にしっかり立つことはなかった。自分の姿を横向きに見ることも。

正面と横と、ウエストの幅がいっしょ。樽《たる》みたい。恥ずかしさが込み上げてきた。まったく縁のない医者を選んだ方がよかったんじゃないか。どうして、過去の私を知っている人のところに、わざわざこんな姿を見せに行ってるんだろうって。

軽蔑されるだけじゃん……。

私だってすぐに脂肪吸引を選んだわけじゃないよ。

出産を機に会社を辞めて、しばらく経ってから自宅でパソコン入力の仕事をするようになった。手書きの小説原稿を打ち込んだり、いろんな媒体に掲載されたエッセイを一冊にまとめたり。私、キーボード打つのメチャクチャ速いから。

でもね、座り仕事のうえに、今度は通勤もなしでしょう。太っていってる自覚はあった。九号やMサイズの服を少しきつく感じてあせったこともある。

だから、糖質制限もしたし、ウォーキングもした。あと、ダンベルやゴムチューブを使った筋トレも。これまでは、そのメニューをこなしていたら、一週間ですぐに三キロくらい痩せたから、太るようにはなったけど、簡単に痩せられる体質のままだと思ってた。

痩せても褒められないし、年相応の体型だろうし、誰かに何か言われたらダイエットすればいいやって。体重計も壊れちゃったけど、いらないかなって。

だけど、近頃、子どもが体重を気にするようになって、家族で買いに行ったの。安いのでいいのに、旦那が、体脂肪率や筋肉量が出るのにしようって言い出して。自分のスペックは知っておいた方がいいとかなんとか。まあ、私も体内年齢って項目は興味あるなって思ったの。

そうしたら……、眩暈《めまい》をおこしそうになった。

何この数字、身長や年齢を旦那が入力してたけど、設定ミスじゃないの？　壊れてない？

って。微妙に床が傾いていて水平になってないのかも、なんて置き場を変えて乗ってみたり。

でも、何度試しても出る数字は同じ。おまけに旦那や子どもは、職場や学校の身体測定の時と同じだって、正確性に太鼓判押すようなこと言ってるし。

とにかく、一キロでも減らさなきゃいけない。そう思って、まずはそれまでのダイエットと同じメニューをやったの。

だけど、一週間経っても、五〇〇グラムも減らない。そりゃあ、日によって二〇〇グラムくらいの差はあったけど、ジャスト一週間後は始める前とまったく同じ体重だった。

これが四〇歳かって、少し年上のママ友たちが言ってたことを実感した。視力がガクッと落ちるとか、すぐに疲れるとか、食事制限をしても運動をしても体重が落ちないのに、食べた分だけすぐ太るとか。

だから、メニューも強化することにした。糖質制限じゃなくて糖質断ち、ウォーキングじゃなくてジョギング、筋トレにもスクワットを取り入れることにした。

初日に三キロ、すぐに息が上がって、吐きそうになりながらもどうにか走って、翌日、全身筋肉痛。自分の体力の低下に驚いた。だけど、太ったことにも痩せないことにも納得できた。体力貯金なんかとっくに底をついていたんだなとか、ウォーキングなんて運動しているうちに入らなかったんだなって。

だけどねサノちゃん、恐ろしいのは「理由がわからない」こと。怪奇現象だってそうでしょ。夜中に水音が聞こえてきたら怖いけど、水道管のネジがゆるんでいたことがわかると怖くない。理由がわかれば、対策も立てられる。問題を解決することができるんだから。

三日目には筋肉痛も引いて、また走り始めた。もう筋肉痛にはならなくて、五日目には息も上がらなくなったから、距離も五キロに延ばした。七日目の計測では一キロ減っていて、とび上がって喜んだ。

次の一週間同じメニューをこなして、何キロになったと思う？　一キロ増えて、プラマイゼロ。こんなことってある？　痩せるつもりが、動けるデブになっただけ。

食べても食べても太らない体が、食事制限をして走っても痩せない体になってしまうとか。同じ人間の体質がたった四〇年の間にここまで変わるものなの？　おかしいでしょう？

これはねえ、呪いだよ。

今になって、仕返しされてるんだなって思う。

誰にって――、私たちの田舎の同級生「ロクヨン部屋」のヨコヅナ、横網八重子《よこあみやえこ》に決まってるじゃん。

ヨコアミ、なんて名字の人と、サノちゃん、その後の人生で知り合った？　私はゼロだよ。あの地域に多かった名前でもない。小学校にも、中学校にも、同じ名字の人なんていなかった。

だけどもし、私の名字が横網なら、ヨコアミさんって呼ばれるか、下の名前で呼ばれていたと思う。クラスメイトからの年賀状が「横網」になっていても、単純に間違えたんだろうって悪意を感じることもないし、新任の先生に四月の最初の授業で「ヨコヅナさん」って呼ばれても、笑いながら訂正できたと思う。他の大多数の子がきっとそう。

サノちゃんだって……。いや、どうかな。飛び抜けて美人だったから、横綱の資格は充分にあるもんね。うん、そうだ。「飛び抜けて」っていうところが重要なんだよ。

うちの妹みたいに、ぽっちゃりとか、ずんぐり体型の子はまあまあいた。ブタとか、からかわれることもあった。でも、横綱じゃない。

だけど、横綱さんは飛び抜けて太っていた。横綱以外のあだ名が思い浮かばないほどに。小学校一年生の入学式の日から、学年で一番太ってた。

私、ばあさんからどれだけ太れと責められてつらくなっても、横綱さんみたいになるのはイヤだと思った。

サノちゃん、憶えてる？　横綱さんはいつも給食を残していた。太っていることを気にしてわざと食べないのかと最初は思っていた。それで、事件が起きたよね。二年の時だっけ？ああ、三年か。

大人のくせに担任も横綱さんはわざと残してるって思ってたんだよね。それである日、横綱さんが給食を全部食べ終わるまで遊びに出てはいけない、席について待っていなければならない、なんて言い出した。

その日の献立は、パンとナポリタンとフルーツポンチ。今思えば炭水化物祭りだけど、人気のメニューだったよね。だから、そんなに待たなくてすむかと期待したのに、横綱さん、泣きながらちびちびちびちび食べて、終わったのは五時間目開始のチャイムのあと。

そこからの……、おえっ。

翌日、両親揃って学校に抗議に来て、その後、担任が悪いのに、横綱さんにデブとかブタとか傷つく言葉は言わないようにしましょうっていう学級会が開かれた。あの時、教室に横綱さんもいたよね。本人を交えて学級会なんて、今なら大問題だよ。

デブはダメ。ブタもダメ。でも、横綱はダメって言われなかった。子どもって、バカで単純で、残酷だよね。

それでも、みんな横綱さんの体重が何キロかは知らなかった。ロボットアニメの再放送で、ロボットの身長と体重が出てくるエンディング曲があったじゃない？　それに自分の身長と体重当てはめて歌うのが流行《はや》ったけど、横綱さんはそこに加わってこなかった。

勝手に推測する子が出て、そのうち、名前が八重子だから八〇キロでいいじゃんってことになって、それが定着した。デブイコール八〇キロ、って。

だけどついに、正確な数字が判明する日がやってきた。

サノちゃん、身体測定の流れって憶えてる？　そう、男女別に出席番号順に並んで保健室に入って、測定が終わった人から出て行くの。だから、出席番号一番の子はみんなの前で身長と体重を読み上げられることになる。

身長は背の高い体育の先生が測って、体重は保健室の先生が量って、担任が記録していたよね。記録する人にだけ聞こえればいいのに、保健室のおばちゃん先生、卒業証書授与かってくらい声を張り上げてた。

高学年になるとさすがに女子は恥ずかしがって、出席番号のおそい私はけっこううらやましがられた。結城志保《しほ》の後ろは横綱八重子だけだもんね。

このやり方を一番によかったと思っていたのは、横綱さんだったかもしれない。誰にも体重を聞かれずにすむんだから。

それがまさか、あんなことを考える子がいるなんて。

六年生の一学期、いつものように保健室にいる子どもは私と横綱さんだけになって、私は自分の身長と体重を読み上げられた。一四五センチ、三二キロ。そうだよ、私、中学生になって一〇センチ伸びたの。でも、身長のことはあまり気にしていなかった。ばあさんから何も言われなかったから。ばあさんも低い方だしね。自分と似ているところは目につかない、いや、鼻につかなかったんじゃないかな。

みんな三五キロ以上あったのに、自分だけ届かなかったことにがっかりしながら保健室を出てドアを閉めたら、体操服の裾を引っ張られた。アッと声を上げそうになる前に、二つの顔が唇の前に人差し指を立てていることに気が付いた。

ドアの横にしゃがんで隠れていたのは、安田珠美《やすだたまみ》と山岡《やまおか》みづえ、私の出席番号の前とその前の子たち。多分、珠美が思いついてみづえを巻き込んだんだと思う。私にも隣に座るよう手招きしたのは珠美だったから。

何してるんだろうって、わからないまま従うと、保健室の中から大きな声が聞こえてきた。

――六四キロ！

今の言い方も似てたと思う。ロック・ジュウヨンって、変な九九言ってるみたいな感じがポイントだから。

そのためだったのか、と理解したと同時に珠美に手を引かれて、ダッシュして教室に向かった。もちろん、隠れて体重を聞いていたことが、横綱さんにバレないように。

――八〇キロもなかったね。

走りながらそう言った珠美の顔はぜんぜん残念そうじゃなかった。満足度一〇〇パーセントの表情。私も似たような顔になっていたかもしれない。

当てずっぽうの大きな数字より、中途半端なリアルな数字の方がワクワクするに決まってる。そのうえ、ジャストになる項目まで見つかった。

――志保ちゃんの二倍だ！

特大スクープを手にした気分だったけど、三人とも、教室に帰ってすぐに言いふらそうとはしなかった。ただニヤニヤしていただけ。それでも、三日後には男子も含めてクラス中の子たちに広まっていた。サノちゃんにも、私が教えてあげたよね。一〇〇キロ超えてるかと思ってたのにって悔しがってて、サノちゃんにもバカっぽい時代があったんじゃない。

以来、六四はクラス内で特別な数字になった。算数の時間に答えが六四になったら笑い声が上がったし、虫でも、ろ紙でも笑ったし、大化の改新のごろ合わせを意味なく大声で繰り返す子もいた。そうそう、ロシアとか、ロッシーニとか、広島とか、ロシがつく言葉ばかり考えてたよね。

校長先生の名前、比呂志（ひろし）だって、とか……。

その数字をまさか、自分が乗った体重計が示す日が来るなんてね。きっちり、六四・〇ってところがまた、不吉さを増してる。

気にするほどの重さじゃない？　まあ、身長のことを考えると、当時の横綱さんと同じ体型とは言えないんだけどね。あの子、身長はクラスで一番低くて、一四〇センチなかったはず。そう、身長はよく聞こえなかったの。

でもね、やっぱり六四キロがデブ認定ラインなんだよ。

このあいだ、旦那と子どもが話しているのを偶然聞いたの。アウトレットに買い物に行って、待ち合わせ時間を決めてそれぞれ別行動していたんだけど、いつも私が遅れるから、その時もまだ来ていないと思ってたみたい。二つ離れたベンチに座っていたのに。今の体型に合わせて服を買いたくなかったから、早めに切り上げてたわけ。

六四でデブなのを自覚しても、やっぱり人に言われると応えるわ。

——お母さんがバッグの棚の前にいるとこ、店の外側から見えたんだけど、何か、岩みたいだった。前からあんなふうだったかな。もしかして、何か病気なのに二人して私に隠してるんじゃない？

子どもの口調が真剣なのがつらかった。だから、旦那はあんな返し方をしたのかもしれないけど。

——あれはただの中年太りだよ。岩とは上手にたとえたもんだな。昔はこう、触ると腰からポキッと折れてしまいそうな、ガラス細工みたいな感じだったのに。いやあ、まったく時の流れは残酷ってもんだ。その点、二次元の女の子たちは裏切らないもんな。あっ、俺がこんなこと言ってたって、お母さんには絶対内緒だぞ。

ちょうどそこに外国からの観光客の集団が通りかかったから、それに紛れていったんその場を離れて、三〇分後に欲しくもない服屋の紙袋提げて、ゴメンねー、って笑顔で登場した私って、エライと思わない？

靴にすればよかったのにって、そういう問題じゃないでしょ。まあ、確かに靴のサイズは変わってないけど。すごい、靴って永遠の友だちじゃん。あなただけは裏切らない。ブーツはダメ？　追い打ちかけないでよ。

あと、私、先週、実家に帰ったんだわ。

大事な話があるから、あんただけでも帰ってこられないかってお母さんに言われて。口調が深刻だったから、家族の誰かが重病の宣告でもされたんじゃないかと思って、すぐにかけつけたわけよ。

そうしたらなんと、希恵の結婚が決まったってだけの話。地元で中学の教師をしているの。しかも、その日の夜に相手の家族と顔合わせの食事会をするって言うじゃない。そういうの突然言われても、きれいな服なんて用意しているわけがない。さすがにお母さんに文句を言うと、飛行機に乗って長距離を移動するのに、そんな近所のスーパーに行くような恰好《かっこう》で戻ってくるとは思ってもみなかった、って。

――あんた、痩せてた頃は毎日よそいきみたいな恰好をしていたじゃない。ため息までつかれて。私は昔からそんなにオシャレに興味がなくて普通の服を着ていただけ。しかも、今より○が一つ少ないような安い服ばっかり。結局、痩せてりゃ、何着てもオシャレに見えるってことでしょう。

新しい服を買うのもバカバカしくて、妹に借りることにした。そうしたら、あの子、何て言ったと思う？

――入るの？

あの子ブタから、あんな屈辱的なことを言われるなんて。バカにするんじゃないわよってクローゼット開けたら、チュニックワンピースが何枚かあった。こんなのまで入らないって見なされたのかと思うと、悔しいやら、情けないやら。もちろん、着られたわよ。肩が少しきつかったけど、気にするほどのことじゃない。

そして、食事会よ。サノちゃん、「柳飯店」って憶えてる？　そうそう、餃子がおいしいザ・中華食堂って感じの店。あそこ、息子の代でリニューアルして「ヌーベルシノワ・ヤナギ」なんて店名まで変えて、高級中華料理店になってるのよ。

餃子？　コースに入ってなかったからわからない。ちょっと食べてみたいなって思ったけど、エビやカニやアワビを使った料理がどんどん運ばれてくるのを片付けるのに精いっぱい。

本人たちは緊張しているし、向こうの親はしゃべりっぱなしだし、うちの親は相槌《あいづち》打つのに必死だし、新しい料理を置く場所がなくてお店の人が困り顔になるくらい、みんな食べないの。きょうだいが出席しているのはこっちだけだったし。私が食べるしかないでしょう？ なのに……。

——みっともない。

ボソッとお母さんがつぶやくのが聞こえて、見ると、しっかり目が合った。私が食べていることが？ お母さんの顔にいつかの写真の子どもの顔が重なって、私はどうしたらいいのかわからなくなって、箸を置いたの。

それを、向こうの母親が見ていたみたい。

——ごめんなさい、おしゃべりに夢中になってしまって。お姉さん、遠慮なさらずしっかり食べて。大事な体なんだから。今、何カ月ですの？

コント？ 女性誌の投稿欄のネタ？ 笑って流すしかないでしょう？ なのに、誰が口を開いたと思う？ お父さんよ。無口で、その日も相手方に挨拶をしたかどうかってくらいしか声を出していないお父さんが。

——脂肪なんですわ。

真面目な顔して。一同、シーンよ。そうしたら急に、向こうの父親が、それにしても殺伐とした世の中になりましたなあ、なんて別のことを話し始めて。知り合いの娘さんが亡くなったらしくて。なんでいきなりそんなことを？ って私はポカン顔よ。

奥さんに窘《たしな》められてすぐに話題を変えて、競馬のことでうちのお父さんと意気投合していたからよかったんだけど、向こうの父親がどうして縁起の悪い話を思い出したのかは、少しあとでわかることになる。

翌日、すぐにでもこっちに帰ってきたかったけど、ばあさんの見舞いに行くことになった。認知症がすすんで施設に入ってるの。お母さんや希恵のことも、よくわからなくなっているみたいで、お母さんのことは介護士、希恵のことは自分の妹だと思い込んでいるんだって。

——あんたのこともわからなくなっているはずだけど、気にしないで。

お母さんに深刻な顔で言われたけど、気にするも何も、ばあさんに忘れられることなんて悲しくもなんとも思わなかった。むしろ、優しくしてあげられそうな気がした。内臓はわりと健康で食事制限もないっていうから、ばあさんが好きだった「朝日堂」の豆大福まで買ってね。そうそう、商店街の二大人気店だった。うちは「朝日堂」派でよかった、なんて思ってたのに……。

結論、行かなきゃよかった。

私を見ても何の反応も示さなかったから、やっぱりわからないんだなと思いながらも、声をかけてみた。

——おばあちゃん、志保だよ。

すると、ばあさんの目に生気が宿ったかと思うと、キッと睨み上げるように私を見て言ったの。

——あんたが志保のはずあるもんか。あの子はモデルのように痩せてきれいな、自慢の孫なんだ。私を騙《だま》して金でも巻き上げようってなら、贅肉《ぜいにく》落として出直してきな。この、ブタが！

ショックすぎると、記憶ってホントに途切れてしまうんだね。気が付いたら飛行機に乗っていて、座席のポケットに入ってる雑誌をなんとなく開いてみたら、サノちゃんが写ってた。私を救ってくれるのは、サノちゃんしかいないって思ったの。だから……。

グラム単位でいい。脂肪を吸い取ってください。六四の呪いから、私を切り離してください。

何で呪いかって、今更そんな……。横網さんは自分の体重がクラスのみんなに知れ渡ったことに気付いていた。犯人は誰だと予測する？　珠美たちが隠れていたことまでは考えが及ばない。そういうタイプの子ではなかった。単純に、出席番号が一つ前の私を疑うはず。

その復讐《ふくしゅう》が始まったんだよ。バカなこと言ってるのはわかってる。でもさ、長年蓄積された強い念は、何かしらの力を持つような気もするんだよ。

中華料理店で、知り合いの娘さんが亡くなったって言ってたの、横網さんの娘さんらしいよ。食事会の帰り際、向こうの母親が旦那に、あんなところで横網さんの話をしなくても、って言ってたのを思い出して、地元に残ってる同級生に確認してみたの。ううん、堀口じゃない。珠美。

亡くなった原因はよくわからないけど、自殺かも、って。娘さん、ものすごく太っていたみたい。向こうの父親、私を見て、その娘さんの話をしたのもどうかと思うけど……。まあ、だから、それが何か関係しているんじゃないか、って。体型イジリされていたんだよ、きっと。

横綱さんは娘さんのことをものすごくかわいがっていたから、娘さんが亡くなったあとだいぶふさぎ込んでいて、正気を失いかけているという噂もあるみたい。

横綱さんは今、人生を振り返りながら、自分を貶《おとし》めてきた人たちを恨んでいるのかもしれない。

でもさ、珠美にも訊いたけど、「ロクヨン部屋」って最初に言ったの、サノちゃんだよね。私も、みんなも、既存の言葉で笑っていたのに、「ロクヨン部屋」っていうのは横綱さんに向けて作った悪口の言葉だよね。

ロッシーニで笑っていても、横綱さんは自分のことだとは思わない。だけど、「ロクヨン部屋」って聞こえてきたら、自分のことだとさすがに気付く。体重がバレたことにも気付く。

私が恨まれてるのって、サノちゃんのせいだよね。

その辺り、ちょっと割引してくれてもいいんじゃないかな。

第二章

ドーナツの真ん中

鼻をもう少し高くしたいの――。

重力を感じさせないような筋がシュッと通ったイメージで。あと、小鼻を一回り小さく。

もちろん両方の、ね。

ところで、センパイって帝王切開？

何、そのポカン顔。美人なのにおかしいよ。あたし、何かヘンなこと言ったかな。もしかして、あたしが中学の後輩って知らなかった？

マネージャーにここのクリニックの予約を入れてほしいって頼んだら、ソッコー、無理って両手でバツ印作られちゃって。調べもしないで何それ、って文句つけてやったら、つい三日前に事務所の別の子が断られたから、って言うじゃない。

あたしもここが大人気ってことは充分承知してたし、半年待ちくらい覚悟してたわけ。でも、その後の言葉でカッチーンよ。何て言われたと思う？

――あなたクラスの子じゃね……。

それってクリニックが混んでることとは関係なく、人気のある子なら予約を入れられるって意味でしょ？

じゃあ、あんたの頭の中には今、誰の顔が浮かんでるのよって話。もちろん、これは黙ってた。あたしにだってプライドはある。だけど、マネージャー、大西《おおにし》っていうおばさんなんだけど、あの人、ものすごく勘がいいの。霊能力者かってくらい、こっちが考えてることをいつも見抜かれちゃうんだから。

しかも、そういうのって普通、察しても口にしないじゃない。でも、大西は別。ズケズケ言うの。いったい、何人の子が泣かされてきたことか。おまけにムカつくのは、売れてる子には気を遣ってるとこ。

自分も元は売れないアイドルだったくせに。何、あっち側の味方をするのが当然みたいな顔して気取ってんだか。まあ、同情されるよりはマシだけどね。大西から励ましの言葉をかけられたら、戦力外通告されたのと同じことだから。

そうなる前に、こっちも手を打とうとしてるんじゃない。しかも、あたし、事務所に費用まで払ってくれなんて頼んでないし。

だから、ちゃんと言ってやった。

橘久乃《たちばなひさの》美容クリニックの院長は、あたしの先輩で親同士も仲がいいから、一回、あたしの名前を出して訊いてみて、って。親同士のことだってウソじゃない。あたしのママ、今でもセンパイのお母さんのサロンに通ってるもん。あの、ボランティアの。

センパイも疑うなら、如月《きさらぎ》って知ってるか、お母さんに訊いてみてよ。けっこう熱心な信者だよ。

そう、あたしの名前、如月アミは本名よ。元は、ママの方がアイドルに憧れていて。せっかくカッコいい名字の人と結婚したんだから、アイドルとして本名で活躍できるような名前を娘につけようって思ったんだって。なかなか、いいセンスしてるでしょ。

ちなみに、ママの名前は敏子《としこ》。旧姓は村山《むらやま》。村山敏子、ウケる。聞いたことない？

知らないいんだ。センパイとはけっこう歳が違いそうだし、あの町の全員が知り合いってわけじゃないもんね。うっかり、田舎あるあるクエスチョンしちゃった、ゴメンなさい。

ママが、昔は町一番の美人として有名だった、なんてよく自慢してたから、もしかするとって期待しちゃったんだよね。

でも、センパイのことは絶対に町の全員が知ってると思う。町一番どころのレベルじゃないんだから。日本一！

ところで、センパイの時にも文化祭でミスコンあった？　ミス第一中学を選ぶの。ていうか、第二中がなくなってるのに、第一中のままっておかしくない？　ウソ、センパイの時にはまだ第二中もあったの？　そっか、センパイって二〇代くらいに見えるからつい、あたしら寄りで考えちゃうけど、どっちかっていうと親世代なんだよね。

褒め言葉、褒め言葉。

クラスは二クラス。AとB。それは同じ？　よかった。で、ミスコンは、ない。えー、ママの時はあったって聞いたよ。ママは最高で学年三位だったみたい。本人は、当時は各学年三クラスあって、クラスでは一番だったなんて言い訳してるんだけどね。

そっか、センパイの頃はちょうど、そういうのをやめようって時期だったわけね。知ってる、ママから聞いたことがある。

女性はみんな美しい！　とか言いながら、そういうのに縁がなさそうなおばさんたちが横断幕やプラカード持って、ミスコン廃止運動していたんでしょう？

そんなわけあるか、っての。

だから、今はミスコンは復活したけど、いろんな部門ができたわけか。全員が何かしらのベスト3に入るように。癒し系とか、スポーツ万能とかならわかるけど、掃除が得意な人、なんて項目もあった。そんなの選ばれて嬉しい？

あたしは三年連続「ミス第一中」に選ばれた。

いちおう、学校活動に積極的に参加しているとか、優しいとか、見た目だけでなく内面も重視した、総合的な人間力で判断しましょうってことにはなってるけど、投票結果を見れば、男子も女子も見た目で選ばれたことは丸わかり。

アミちゃんって性格そんなによくないよねとか、委員会の仕事もけっこうサボっているよねとか、陰口が聞こえてきても全然傷つかなかった。だって、それこそ見た目で選ばれたって証拠でしょ？　中途半端に内面を褒められるより、絶対にこっちの方がいい。

でも、結局見た目だけだよね、って悪口にはムカついた。

頭がいい、スポーツ万能、そういう才能って外国じゃ「ギフト」って呼ばれているんでしょ？　天からの贈り物。顔やスタイルもギフトじゃない。そのうえ、勉強できる子が塾に通ったり、スポーツできる子が部活の練習をがんばるのと同じように、あたしは自分の外見を磨くために努力をしていた。

なのに、前の二つは努力していることも認められているのに、あたしはギフトだけに頼っているような言い方されるのは許せなかった。日焼け止めクリームも塗らないヤツが文句言うな、って。

今から思えばただのやっかみなんだから、そういうのも笑いとばしておけばよかったのに、本気でムカついてた。

それだけ、あたしはかわいくあることに一生懸命だったんだと思う。

物心ついた頃には、かわいい、かわいい、って周りからちやほやされて。アイドルや女優になれるとか……、あと、あれだ。

第二の橘久乃、ミス・ワールドビューティーも夢じゃない！

そういう意味でも久乃先生はあたしの先輩なの。センパイに追いつけるように、いっぱい本も読んだよ。『久乃流美女ストレッチ』、『久乃の美女ごはん』、他にも三冊くらい、全部家にあったから。

あたしがラッキーだったのは、ママが協力してくれたことかな。

一人暮らしのＯＬなら、自分のためだけに食事の用意をすればいいし、絶食だって簡単にできちゃうけど、家族がいたら、美容のことばかりを考えた食事なんてまず無理でしょ？

お父さんは何食べるんだって話。

その点、うちのパパは船乗りだから年に何回かしか一緒にごはんを食べることもないし、ママは美容に理解がある人だから、センパイの本のまんまの献立が続いた時期もあった。もしかして、あたしのためじゃなくて、ママ自身のためだったのかもしれないけど。

でも、あたしに向かっていつも、玉ねぎは血液さらさらになるとか、トマトはアンチエイジング効果があるとか言ってたから、やっぱり、あたしのためかな。毎晩、一緒にストレッチもしたし、二人で美意識の高い生活を送ってたってことでいいか。

とかなんとか言いながら、他人から努力してないって思われるのにムカついてはいたけど、じゃあ、自分を限界まで追い詰めてがんばっていたかといえば、そうでもないんだよね。

別に、そこまでの努力していなくても、ギフトオンリーで、あの町では一番でいられたはずだから。うん、あの町ではね……。

で、センパイは帝王切開？　あれ、また首かしげてる。呼び方のことじゃなかったの？

そうか、忘れてた。センパイ、子ども産んでるんだよね。そりゃあ、自分が生まれた時のことか、出産した時のことか、どっちだろうって迷うはずだよ。

あたしが知りたいのは、センパイが生まれた時の方。

やっぱり！　帝王切開なんだ。

それが何に関係あるのか？　やだなセンパイ、本気で言ってる？

鼻の形のことだよ。

センパイって「ボクらの教室」見てた？　前クールのドラマ。見てないとか、終わってるじゃん。生徒バーサス教師で本気で闘う問題作として話題になったし、視聴率もずっと一〇パーセント超えてたのに。

センパイ、まじめなニュース番組のコメンテーターもやってるんだから、教育のこととかも訊かれるんじゃないの？　ちゃんとそういう番組にもアンテナ張っていないと。

大袈裟《おおげさ》な設定なんだろうって侮ってるかもしれないけど、最低な教師って本当にいるんだからね。ドラマの中にもいた、生徒を自殺に追い込むようなのだって。

まあ、そのドラマの撮影の合間に、沙良《さら》がしゃべってたのを聞いたの。

そう、倖月《こうげつ》沙良。なんで、ドラマは見てないのに、あの子のことは知ってんのよ。まあ、CMにもいっぱい出ているし、来年の朝ドラにもオーディションなしで決まったし、知らない方がおかしいか。

そのドラマにあたしも？　出てました。だから、話してるんじゃない。大西並みにとは言わないけど、ちょっとは察してよ。ほとんど台詞《せりふ》はなかったけど、ちゃんと役名はあったんだからね。

沙良は主役。その確認いる？　天然なオトナって、同年代の人から見たらかわいいんだろうけど、子どもから見たらけっこうイタいよ。ああ、これはナシ。ていうか、ゴメンなさい。

カウンセリングだから、センパイがわかっていることでも、あえて、あたしから話すように誘導してくれているんだよね。ちゃんと、あたしが自分の意志で手術の決断をして、術後も後悔しないように、頭の中を整理させてくれているんだよね。

じゃあ、改めてドラマの主役は倖月沙良。一四歳の時に「国民の妹コンテスト」で特別賞を取ってデビューして、今や国民的女優の仲間入りを果たそうとしている、あたしと同い歳の女優。自分専用の楽屋があるくせに、クラス全員を取りまとめる委員長役だからって、撮影の合間、いつもあたしたちと同じ大部屋にいたの。

部屋の真ん中にいようが、端にいようが、彼女がいるところが、中心になっているように見えた。最初はみんなビビって、周りに誰もいなくても。だけど、すぐに、沙良の周りには人が集まるようになっていった。

お嬢様系の美人だし、これまではちょっとわがままな役が多かったから、お高くとまってるタイプだと思ってたのに、気さくで優しい、って。一緒に写真を撮ろうって向こうから声をかけてくれたり、○○見たよ、なんて、ほんのちょっとしか写っていない雑誌のことを言ってくれたり。

あたしはその輪の中には加わらなかったけどね。おとなしい、友だちがいないタイプの役だったから。大女優が休憩中も役作りをしているのに、それを邪魔するわけにはいかないじゃない。

あたしはみんなから少し離れたところで、雑談を聞いていた。いや、聞こえてきた、かな。くだらない話ばっかり。沙良にゴマするような感じの。だから、ほとんど聞き流していたのに……。

――沙良ちゃんの鼻の形って、ホントにきれいだよね。

それには、あたしのアンテナが反応した。沙良が美人なんて話、一番うんざりなのに。違和感を覚えたの。

鼻？

それまで、沙良の特徴は奥に宇宙が広がってるんじゃないかと思うような大きな目だと思ってた。でも、生で見るとあたしとそんなに変わらなかったし、共演者の中には、沙良より目が大きい子もいて、なのに、どうして沙良が一番美人に見えるんだろうって不思議にも思ってた。

答えは、鼻なの？　アンテナビンビン立ちまくり。沙良はこんなふうに答えてた。

――お母さんに感謝かな。わたし、帝王切開で生まれたから。

何を言ってるのかわからなかった。周りの子たちも、はあ？　って感じになってたけど、一人が、なるほどって手を打って、みんなに説明し始めた。

――産道ってものすごく狭いんでしょ？　普通分娩《ぶんべん》だったら、そこを何時間もかけて通って出てくるから、鼻がつぶれちゃうんだよ。

そんなことがあるの？　改めて沙良の横顔を見ると、確かに、鼻筋がシュッときれいな曲線を描いてた。この人、鼻をかんだり、うつぶせで寝たことないのかなって思うほど、圧迫感どころか重力にも触れたことがないようななめらかな線だと思った。

その説にみんなも納得していたし、そういう話を聞いたことがある、って同意する子も出てきた。頭の形にも影響があるかも、とか言い出す子もいた。

沙良はポニーテールにしていたから頭の形を確認することもできたけど、言われてみれば、後頭部もきれいな曲線を描いていた。

ママから、あたしが絶壁にならないように、赤ちゃんの時はドーナツ形の枕を使っていたっていう話を聞いたことを思い出した。あたしの頭の形はママの努力で得たものだけど、沙良の頭の形はギフトだったんだ、なんて考えた。もちろん、鼻も。こっちがメインよ。

それに比べてあたしの鼻は……。自分の鼻にコンプレックスを抱いたことなんて、それまで一度もなかった。豚鼻でも団子鼻でもないし、高すぎでも低すぎでもない。普通の鼻。

普通？　それでいいわけ？　あたしがいる世界は普通の顔で闘っていけるところじゃない。目も唇も他人より美しくなきゃいけないっていう自覚はあったのに、どうして鼻に関しては、普通であることに満足していたの？　おかしいって思わなかったの？

意識して鼻を見ると、あたしの鼻は一度つぶされたってわかるラインを描いてた。沙良の鼻がおろしたての羽毛のダウンコートだとしたら、あたしの鼻はひと冬しっかり着たあと、クリーニングに出して戻ってきた感じ。

おもしろいたとえ？　ちょっとバカにしてるでしょ。センパイだから許すけど。ちゃんと聞いてよね。

この差ってホントにギフトなのかな。産み方の違いって、天からの授かりものってわけじゃないでしょう？

しかも、沙良は逆子だったり、へその緒が巻き付いているとかの事情があったわけじゃないみたい。お兄さんが逆子で、その時に帝王切開をしたから、その後もお母さんは帝王切開をしなきゃならなかったんだって言ってた。

ということは、逆子じゃなくても、事情がなくても、帝王切開で産んでもいいってことにならない？

鼻や頭の形に影響することを知ってたら、ママは絶対に帝王切開を選んだと思う。そうしたら、あたしの鼻も沙良やセンパイみたいになっていたはずなのに。

もう誰を見ても、まず鼻に目が行くの。きれいな鼻だな、きっと、帝王切開で産んでもらったんだろうな、なんて。

あと、帝王切開についても検索してみた。あたしやママが知らなかっただけで、昔からセレブのあいだでは常識になっていたんじゃないかと思って。どうして、ママにはその情報が届かなかったの？　って。そうしたら、逆に驚くような記事がたくさん見つかった。

帝王切開で子どもを産んだ人たちが悩んでるんだって。

普通分娩ができなかったことを悔やんでいるみたい。自分は普通のことができなかったのか、なんて。赤ちゃんを自分の子どもだと思えなくて悩んでいる人までいるんだよ。

どうして？　あたしなら大感謝なのにって頭の中にハテナマークしか出てこなかったけど、書き込みを読んでいるうちに、なんとなくわかってきた。

お腹を痛めて産んだ我が子、って言葉が使われすぎてるせいじゃない？　あたしはママにそんなセリフを言われたことはないけど、ドラマや映画にはいっぱい出てくるでしょう？

お腹を痛めて産んだ我が子からこんな酷い仕打ちを受けるなんて。お腹を痛めて産んだ我が子のためなら何でもできる。お腹を痛めて産んだ我が子がまさかすり替えられていたとは……。

　他にも、女が男より強いのは、出産の痛みに耐えられるように作られているからだとか。痛みを乗り越えた先の喜びとか。

　あたし、痛いの苦手だから、子どもを産めないんじゃないの？　なんて思って無痛分娩を検索したら、無痛分娩を選んだ人たちの中にも後悔している人が少なくない、とか出てくるし。

　痛い思いをするってそこまで大事なことなの？　センパイ。

　へえ、センパイは無痛分娩だったんだ。ってことは、子どもの鼻の形、大丈夫？　というか、センパイも帝王切開と鼻の形のこと知らなかった証拠だよね。それなら、ママが知らなくてもおかしくないよ。

　で、無痛分娩は後悔してる？

　大切なのは自分が痛みを乗り越えることじゃなくて、子どもを無事に産むことか。だよね。お医者さんに言われると説得力あるなあ。

　子どもが成長するにつれて、出産時の痛み以上に乗り越えていかなきゃいけないことは否《いや》が応でも発生する。一度の痛みにとらわれている場合ではない。なるほど。メモって日めくりカレンダーにしてもいいくらい重い言葉じゃん。

　汗を流した先に栄光があるとか、日本人って結果より、過程を重視しすぎなんだよね。特に辛いヤツ。まあ、あたしもさっきは努力が大切みたいなこと言っちゃったけどさ。

そういや沙良も、朝ドラの主人公はオーディションを受けて勝ち取りたかった、みたいなことを言ってた。休憩中に。

沙良ちゃんは努力の人だってみんな知ってるから、今更オーディションなんて必要ないって判断されたんだよ。そんなフォローしてる子もいたけど、そもそも、同業者、同じ女優に向かってそれを言う沙良ってどうなの？

朝ドラのオーディションを受けてる子だって、あの中にいたはずだよ。妬《ねた》みになるからこれ以上言わないけど。

要は、何事も結果ってこと。

こんな簡単なことにあたしはずっとたどり着けずにいた。

あたしは整形に対して、どちらかといえば反対派だったの。周りからも、けっこう古風なところがあるって言われる。これは、褒め言葉として受け取ってるけどね。あと、慎重派とも。でも、そういう考え方まで、田舎ものだからって扱われるのは許せない。

確かに、東京に出てきてまず、人の多さに驚いた。平日の昼間の駅に、どうしてこんなに？　祭りでもあるの？　なんて。

整形した人を一〇人連れて来いってミッションを出されても、あの町じゃ無理だけど、ここでなら難しいことじゃない。このあいだ共演した子たちでまかなえるかもしれない。まあ、それぞれに訊いても認めないだろうけど。

それより確実な方法もある。ここに来ればいい。予約が取れないほど、整形したい人たちが集まってくるんだから。

でも、田舎にだって、毎日アイプチしてくる程度の子ならいたじゃない。そういう子に対して、なんでわざわざ偽物の二重にしたいんだろうって不思議に思ってた。すぐにバレるし、それ覚悟でやったところで、特別にかわいくなれるわけじゃない。

努力は必要。でも、ギフトっていう下地のないところにそれを重ねても意味がないと思ってた。あたしが毎日、何時間勉強し続けても東大には入れないだろうし、何時間走り続けてもオリンピックに出られないのと同じ。

まあ、センパイみたいにギフトだらけって人もいるけれど。

たどり着けない目的地を必死で目指すなんて、時間の無駄じゃん。人生は一回きり。しかも、おばあさんになるまで生きられるとは限らない。

少し前までは、長いなあって思ってた。生まれてからここまでもけっこう長く感じたのに、まだ平均寿命の四分の一もいっていないのか、って。考えただけでしんどくなって、あと一〇年くらいしたら、生きることに疲れて自殺しちゃうかも、なんて考えたこともある。その一〇年だって長いな、とか。

あたしは死をわかっていなかった。だけど、半年前に中学の時の同級生が自殺して、初めて、生きてることが当たり前じゃないんだ、なんてことに気が付いた。ドラマの中で同級生が死ぬ場面だってあったのに、自分の現実と重ねて演じていたつもりでも、心のどこかでは作り話だって思ってた証拠。

難病にかかっていなくても、明日死ぬかもしれない。自分をきらいになって、死を選ぶことだってある。ううん、自分を大切にしなきゃ、愛してあげなきゃ、生きていけないのかもしれない。

あたしは自分のことを思い切り好きになろうと決意した。

自分の一番好きなところは顔。なのに、ギフトじゃないパーツがある。ううん、鼻だってきっとギフトだったはずなのに、ママが産み方を間違えてしまった。

だけど、それを今更責めるつもりはない。だって、取り戻す手段があるんだから。

あたしは鼻を取り換えるんじゃないの。ママのお腹の中でもともと与えられていた状態に戻すだけ。

そうしたら、あたしはまた一番かわいい子になれる。朝ドラ女優だって夢じゃない。だから、ね、お願いセンパイ。センパイや沙良みたいな鼻にしてください。

あれ？　センパイ、聞いてる？

視線が遠くに行ってるけど、あたし、何かヘンなこと言ったかな。もしかして、センパイと沙良の鼻はまったく同じじゃないのに、どっちかにしろよ、って困ってる？

そうじゃない。じゃあ……、何だろう。

自殺した同級生って、ヨコアミさんっていう名前か？　何その、マイアミみたいな変わった名前。アミはあたしと同じだけど。ヨコ・アミさん？　ヨコアミっていう名字？

違うよ。ヨコアミじゃない。

お母さんの旧姓かもしれない？　それは、あるかも。

ていうか、ヨコアミってもしかすると、横綱って書いて、そう読んじゃったりする？

マジか、ツナとアミって別の字だったんだ。へえ、そう書くの。まあ、薄目で見たらヨコヅナじゃん。ウケる。

だけどそれ、もしかすると本当にお母さんの名字だったかもしれない。見た目、そんな感じだったもん。名は体を表す、だっけ？　でも、横綱とまでは言えないかな。大関？　その下って何だっけ。関脇《せきわけ》？　そう、それくらいの太り方だった。

どちらかといえば、娘の方が横綱かな。もし、あの子の名字が横綱だったら、みんなヨコヅナって呼んでたよ。それか、親方になってたかも。それって、引退したお相撲さんの呼び方だっけ？　じゃあ、やっぱりヨコヅナ。ヨコちゃんとか、かわいいよね。

傷つく？　まさか。そんなタイプじゃなかったもん。

あたしは彼女と中学になってから出会ったの。

田舎の公立とはいえ、中学って半分以上知らない子たちと一緒になるから、入学式の時なんてずっと、キョロキョロ見回してたわけ。もちろん、目に留まるのはかわいい子よ。

ブスには興味ない。

よく、ブスいじりする女子がいるじゃん。そういう子ってだいたい自分のことをかわいいって思ってるけど、あたしから言わせると、中途半端なブスなんだよね。本当にかわいい子は周りを蹴落とさなくてもそう認定されるから、余裕があるの。でも、そうじゃないのに、そう思われたい子は、勝手にクラスで上位五人なんて椅子を用意して、必死で椅子取りゲームをしようとするの。

あたしは座りっぱなしよ。センパイにもそういう経験あるでしょ？

それに、五番って何って思わない？　一番には、分母が増えても一番である可能性がある。センパイなんて、日本代表なんだから、分母は一億二千万でしょう？　いや、半分は男か。おばあさんや子どももいるからそこも引いて……、まあ、すごい数の頂点に立ったわけじゃない。

だけど、クラスなんてマックス四〇人、これも半分男子だから、二〇人中の五番なんて、一〇〇人中の二五番ってことでしょう？　あたし、バカだけどこういう計算はすぐにできるんだ。ま、それはいいとして、二五番なんて、上位なんて呼べない。凡人のエリアじゃない。二番だって、同じこと。だから、あたしは一番にしか興味がない。

そんな感じで新しい同級生たちを見てたけど、あたし以上だと思える子は見つからなかった。そんな中でつい二度見しちゃったのが、彼女なの。

なんせ、大きいんだもん。縦にも、横にも。

先生？　三年生？　えっ一年生なの？　ってびっくりよ。あたしの小学校にも太った子や背の高い子はいたけど、あのレベルは見たことがなかった。それこそ、横綱だよね。名字が横綱だったら、もっとインパクト大だったと思う。

そう、縦にもよ。彼女は学年の女子の中で一番背が高かった。あたしも高い方で、確かあの時はクラスで後ろから三番目だったけど、あの子とは一〇センチくらい差があったと思う。ちょっと盛りすぎかな。でも、イメージ的にはそれくらいだった。

へえ、お母さんは小さかったんだ。お父さん？　知らない。そんなもんでしょう。よほど近所に住んでいるとか、家に遊びに行くほど仲がいいとかじゃない限り、参観日や運動会で来ていても、誰が誰のお父さんだかわからないし、興味もわかないよね。すっごくかっこいいなら別だけど。

そういう意味では、お母さんも一緒。でも、みんな、彼女のお母さんのことは知っていた。太ってたし、仲良さそうで、あの子はいつも、お母さんが見えたら手を振っていたから。

確かに、背は小さかったな。って、お母さんが横綱さんって決め付けちゃってるけど、いいのかな。でも、センパイがあの町での自殺のニュースを知って、この話を聞いてるなら、間違いないと思う。

いじめをほのめかすような遺書があったとか、事件性がない限り、地方で起きた自殺のことなんて、ネットニュースにも上がってこないじゃない。

だけど、あたしは中学を卒業と同時に東京に出てきたけど、あっちの情報は今でもけっこう入ってくるもん。同じようなニュースは聞いたことがない。

でもね、この自殺、あたしもおかしいと思ってるの。も、って言っちゃった。センパイがどう考えてるか知らないのに。

疑問に思ってる？　なら、よかった。じゃなきゃ、忙しいのに雑談なんてしないよね。というか、話題が変わってるってことは、あたしの手術はオッケーしてくれたって受け止めてもいいってわけね。じゃあ、安心して話しちゃお。

自殺の一報は、あっちの同級生からのグループメールだった。

なんか、勝手にあたしのファンクラブを作っていて、そこのグループであたしの番組出演情報とかまわしてるんだけど、なぜか、あたし本人にも届くんだよね。まあ、同窓会どころか、普通の飲み会のお知らせなんかも来るから、どちらかといえばグループ名を変更してほしいところなんだけど。

アミアミクラブ。ダサい名前でしょ。あたしからやめてくれってお願いすると、お高くとまってるって逆切れされて、今度は裏でヘンな情報流されちゃったりしたら困るから、放っておいてるんだけどね。

センパイは大丈夫？　本当に仲が良かった子はちょっと距離を置いて応援してくれているのに、あんた誰？　なんて子に限って、親友面してなれなれしいメール送ってきたり、ずうずうしいお願いしてこない？　整形の割引してくれとか。

その笑い方、身に覚えアリね。

あたしなんてこのあいだ、沙良のサイン色紙を送ってくれなんて頼まれて、おまけに一〇枚とか、ブチ切れ寸前だった。まあ、共演者同士でそういうことを頼むのは事務所に禁止されているとかなんとか、適当な理由つけて断ってやったんだけど。

自称元カレが一〇人以上いる？　わかる、それ。

あたしは把握しているのは三人で、そのうち一人とは本当に一週間くらい付き合ったから、カウントしちゃいけないかもだけど。さすが、センパイ。まあ、センパイは高校もあっちだったもんね。多分、センパイが知らないだけで、もっといると思うよ。

誰かは言わないけど、あたしの同級生のお父さん、センパイを振ったことになってるから。言えって？　でもな……、一応、そいつもあたしのファンクラブのメンバーだし。文句をつけるにしても、あたしから聞いたって言わないって約束してくれる？

じゃあ、教えるけど、堀口って子。

嘘、センパイ、今ちょっと動揺したでしょ。高速まばたき三連チャン、見逃してないからね。そういやセンパイって睫《まつげ》も長いけど、それってエクステ？　地毛なんだ。クジャクが羽ばたいてるみたい。えっ、クジャクの羽ってそんなんじゃない？　じゃあ、不死鳥。悪魔みたいな黒い羽をバサバサさせてるヤツ。

架空の鳥？　もう、何でもいいよ。イメージ、イメージ。

でも、いいなあ。あたしも短い方じゃないけど、逆に中途半端に長い分、エクステしたら不自然になりそうで、そのままにしてるんだもん。もしかして、これも帝王切開、関係あったりする？

さすがにないか。で、何だっけ、そうだ、堀口のお父さん。付き合ってはないわけね。うん、信じる。だって、堀口って顔はまあまあ整ってるけど、チビじゃん。そう、学年で一番。

あいつのお父さんもそうだったの？　だと思った。やっぱ、遺伝だよね。

そうだ、おもしろいこと思い出しちゃった。

センパイの頃って、体育祭で二人三脚リレーなかった？　男女ペアでトラック一周もするヤツ。あったんだ。

あれに、堀口が出たんだけど、ペアの相手がなんと、あの子だったの。普通は背の順にするでしょう？　脚の長さがなるべく合うように。好きな子がいたりして微調整が入ることはあるけれど。なのに、うちのクラスはくじ引きだったのかよくわからないけど、ミラクルカップルができちゃったの。

しかもアンカー。堀口、足は速かったから。へえ、そこもお父さんと同じなんだ。

六組中、二位でバトンを受け取って、二人で必死に走ってたわけ。でも、やっぱりサイズが違いすぎるせいか、転んじゃって。おまけに、あの巨体が堀口にのしかかる感じになって、かわいそうなんだけど、場内大爆笑。

放送委員の子も「がんばってください」なんて実況してるんだけど、笑いが我慢できなかったのか「がんばっへくらひゃっひ」みたいになってて。

彼女はすぐに立ち上がったけど、堀口は膝を押さえてた。大丈夫かなって、笑い声がおさまるくらい痛そうにしてた。そのあいだに、他のペアにどんどん追い越されて最下位になったと同時に、なんと彼女が堀口の脇を片手で抱えて立ち上がらせたの。

そのまま、もちろん、足を結んだまま、堀口を抱えて走る走る。あっというまに最初の二位まで上がって、場外から二人を応援するコールが始まった。

結果は、あと三メートルあったら抜けたかもってところで、僅差《きんさ》の二位。でも、主役は彼女だった。ホント、かっこよかったんだもん。あたしが堀口で、あの子が男だったら好きになってたと思う。だって、トラック約半周分、片手で抱きかかえられてるんだよ。しかも、前にいる人たちをどんどん追い越していくし、トップの背中に迫るなんて、ドキドキする要素しかないじゃない。

デブもオッケーかって。センパイ、案外ストレートに訊くよね。テレビに出てる時は猫かぶってて、意外と毒舌キャラだったりする？　もし、そっちの方が素なら、すぐに方向転換した方がいいよ。絶対ウケるって。大丈夫、美人の毒舌はめったに炎上することないから。なんかいい。センパイに親近感わいてきちゃった。

ずっと、緊張してたんだよね。ホント、ホント。

あたしもぶっちゃけデブはダメ。でも、ぶよぶよしていない、ラグビー選手みたいなタイプならオッケーかも。いや、むしろ好きかな。どんな攻撃からも壁になってあたしを守ってくれそうな人なら。

彼女の身長と体重？　正確にはわからないけど、身長一六五センチの八〇キロくらいじゃなかったかな。

なんか、パリコレモデルに憧れてる子が、あの子の身長だけほしいみたいなことを言ってたし、体重は……、本人から聞いたような気がする。

そういうの、隠すような子じゃないもん。明るくて、デブいじりされてもよく笑ってた。あたしなら耐えられないけど。最初の自己紹介の時なんか、自分から太ってるって言ってたし。確か、こんな感じかな。

――わたしには羽がある設定だけど、太ってるから飛べません。だから、ただのブタです。あたしをブタって言う子は、キラリンビームでブタの仲間にしてやるので、気を付けてください。好きなものは、お母さんが作ってくれたお菓子です。

一番ウケてた。あたし、自分では何を言ったか憶えてないもん。彼女の自己紹介しか憶えてない。それまでは、太ってる子は陰気だと思い込んでいたから、こういうタイプもいるんだって、感動したからだと思う。けなげだなって。

でも、彼女が目立っていたのは、明るいこと以外に、やっぱり、運動神経が良かったからじゃないかな。やっぱり学校って、おもしろい子とスポーツできる子が注目されるでしょう?

しかも、彼女の場合はギャップ萌《も》えもあるし。

一学期の最初の体育の授業って、体力測定や運動能力測定みたいなことをずっとやるじゃない。あたしはこう見えて運動音痴だから、その時間が本当にイヤだった。

同じ小学校だった子は、あたしが走るの遅いことを知っているからいいけど、半分以上はそうじゃない。

おまけに、あたしは人気者だから尚更《なおさら》目立つ。えっ、あんなに脚が長いのに走るの遅いの？　ってがっかりされるかもしれない。

特に、五〇メートル走なんて、だいたい二人ずつで計測するから、できるだけ遅い子と一緒になりますように、なんて祈る気持ちでいたの。

出席番号順だと彼女だった。ラッキーって思った。あたしと同じくらいか、それより遅いんじゃないかって。それまでに、足の速い太った子なんて見たことなかったから。

なのに、ヨーイドンの合図とほぼ同時に、横目に彼女の広い背中が見えて、あっというまにぐんぐん遠のいていったの。速い、速い。

クラスの女子で彼女だけが七秒台だった。むしろ、そのおかげであたしが遅いことが目立たずにすんだんだから、やっぱりラッキーだったんだと思う。

走るだけじゃなくて、彼女は他の種目もほぼ、クラスの女子で一番だった。ハンドボール投げはイメージ通りだとしても、垂直跳び？　運動神経がいいことを理解していても、太った子があんなに高く跳べるなんて、やっぱり予想外でびっくりした。だって、跳べたとしても、足首ひねってしまいそうじゃない。

それが、普通に着地するんだから。ドシンなんて大きな音もしない。

何が飛べないブタよ。あの子の背中には本当に羽があるんじゃないかって、あたしは軽く嫉妬した。

あれ？　あたし今、嫉妬って言った？　じゃあ、忘れてただけで、あんな田舎にいた時にも、あたしの中には嫉妬って感情があったんだ。東京に出てきて発動したわけじゃなかったってことか。

まあ、分野が違うから、一瞬の嫉妬があったとしても、競おうとは思わないもんね。だけど、同じグループになるような仲良しではなかった。だから、あの子の深いところまではわからない。

センパイに話しているのも、半径三メートル離れて目に映ってた姿。二人で話したとか、二人だけで何かしたことは……、あったあった、どうして忘れてたんだろう。あんなに楽しかったのに。クラスは別になっていたからか。

二年生の時、あたしと彼女は文化祭実行委員で一緒になったの。センパイの時と同じかどうかは知らないけど、二年の女子はお菓子のバザーをすることが決まってた。へえ、同じなんだ。

こういうの、いまだに男女別だよね。お菓子作りが好きな男子だっているはずなのに。男子は何やってたんだろ、ああ、お化け屋敷か。女子がいないから、毎年、ゾンビ館になっちゃうんだよ。

まあそれで、委員会の時に前の年のレシピを生徒会からもらったんだけど、去年食べたけどおいしくなかったよね、って彼女が言い出して。この辺は、キャラまんま。あたしは食べてなかったし、文化祭で売るお菓子なんてそういうもんだろうって思ってたから、去年のレシピを使わないとか、面倒だなって思った。

でも、彼女はあたしの反応なんて無視して、まかせて！　とか言って、その日は帰っていった。家にあるお菓子の本でもコピーしてくるのかなって思ってた。

そうしたら、週明けの月曜日、もちろんレシピも持ってきてたけど、彼女はかわいい紙袋を提げて、学校にやってきた。

田舎の公立のくせに、あの学校って結構、校則がうるさかったでしょう？　お菓子は持ってきちゃダメって。弁当は持っていかなきゃいけないのに、菓子パンは禁止されてるとか、絶対にヘン。注意だけじゃなく、没収だし。

だから二人きりで、これは文化祭のためだから、なんて言いながら、こっそりダンス部の部室で袋を開けることになった。

ダンス部はあたしじゃない。彼女よ。

あたしがダンス苦手なこと知らないの？　センパイ、ホント、あのドラマ、一話も見てないんだね。エンディングがクラス全員でのダンスだったの。最近はどこかにダンスを入れるのが当たり前になってるの。シビアなテーマでもね。

またそれが難しいのなんのって。視聴者にダンス動画をネットにアップしてもらうのが目的なら、もっと誰でも簡単に踊れるような振付にすればいいのに、あえて、難しくしてるっていうか。

まあ、かっこいいんだけど。上手に踊れたらね。

それで、彼女の持ってきた紙袋。中身はドーナツだった。チョコとかアーモンドとかのトッピングもない、普通に砂糖がかかっただけのドーナツ。

センパイだったらどう思う？　あたしもいっしょ。なーんだ、ってがっかりした。

あっちはあたしの反応なんて想定済みだったんだと思う。だまされたと思って食べてみて、って一つ手に握らされた。返そうにも、手を握られたままだったからそれは無理。握力強いから。仕方なく、ドーナツに顔を近付けて一口かじったの。

サクッ、フワッ、よ。冷めてるのに、外側はサクッとしていて、中身はフワッとして……。笑わないでよ、それ以外に表現しようがないんだから。センパイが食べても、同じ言い方になると思う。

そもそも、センパイって手作りドーナツなんて食べたことある？　あっ、今のナシ。センパイの家でママたちがお菓子作ってたこと忘れてた。

センパイはそのお菓子を食べたことがないの？　じゃなきゃ、もっと太ってるよね。

あたしもお菓子をあまり食べないようにしていたから、他と比べては言えないんだけど、そのドーナツは本当においしかった。中が黄色いの。タマゴとバターの色。普通の白い砂糖は使ってなくて、はちみつと和三盆糖だから、ほんのり甘い、なんていうのかな……、優しい味。うん、これがピッタリな表現。

彼女のグーにした手よりも大きかったのに、あっというまに全部食べちゃった。本当においしくて、どこの本のレシピか訊《たず》ねたら、なんと、手書きのレシピを出してきたの。

――お母さんのオリジナルなんだ。

すっごく誇らしそうだった。

——スゴい！　天才じゃん。

もう、そうとしか言えなかった。今から思えば大人に向かって天才なんてね。でも、彼女も同じように繰り返したから、まあいっか。

——そう、うちのお母さんってお菓子作りの天才なの。

横網さん、そういうタイプの人だった？

へっ、じゃないよ。センパイは横網さんの娘に興味があるんでしょ？　その横網さんだよ。頭の中でちゃんとその人の姿になってる？

彼女が横網さんのタイプとは違うわけね。横網さんはおとなしくて、なんだか普通に想像しちゃう太った人って感じか。あたしも、彼女に会ってなかったら、太っている人はみんなそんなふうだと思い込んでたと思う。悪く言うと、イジケキャラ。

親子なのに……。まあ、確かに、参観日でもはしゃいでるのはいつも彼女で、お母さんは端っこの方にいて、ちょっと恥ずかしそうに手を振り返していたかも。ただのデブ。

もう、センパイの失礼なのが移っちゃったじゃない。

でも、料理は得意そうだった？　でしょう。横網ドーナツってイメージして。

マーガリンじゃなくてバターだし、はちみつや和三盆糖を使うから予算オーバーして、生徒会から却下されるかもしれないって心配していたら、それもちゃんと、彼女のお母さんが安く買えるルートを調べてくれていて、作っていいことになった。

病院で管理栄養士をしていたみたい。その時はもう辞めていたけど、材料の仕入れ先の業者の人とその後も仲がいいから、頼んでもらえることになったの。

プーさんもびっくりなサイズのはちみつの瓶が一〇個も届いたんだから。

大量のドーナツを、放課後や家庭科の授業でクラス別に作らないといけないから、あたしはみんなに教えてあげられるように、まずは、彼女と二人で練習することになった。

とにかく、生地をこねるのが大変。彼女のボウルの中身はどんどん黄色いかたまりになっていくのに、あたしのはいつまでたっても粉っぽいまま。そうしたら彼女、何て言ったと思う？

――うらやましいでしょ、太ってて。

あたし、頷《うなず》いたかな。でも、負けたような気がして、それで一気に火がついて、とにかく、必死でこねたら、なめらかな黄色いかたまりができてた。

――よくできました。花マル！

なんて、褒められちゃった。先生かよ。

それから、生地を麺棒でのばして、ドーナツ型で抜くの。あれ、おもしろいよね。ただの丸だとすぐに飽きそうだけど、二重丸だと気分があがるの、なんでかな。

真ん中の部分？　やっぱり、そこ気になるよね。ベビーカステラみたいなのを作るのかなって。あたしも訊ねようとした。でもその前に、あの子ったら、真ん中のところを全部集めて、あまった外側の生地と一緒にこね始めたの。で、またのばして型抜いて、真ん中集めての繰り返し。ちゃんと、普通のドーナツだけができていく。

だけど、最後の最後、二個だけ、もう固めても一つ分にはならない大きさの小さい丸が残った。

するとは、彼女はその小さい丸だけをまずは油の中に入れたの。きれいな油の中に平べったい小さな丸い生地が沈んでいって、ぶくぶく泡を吹きながらまん丸にふくらんで浮かんできた。

――きれいな、きれいな、キツネ色。見たことないなら、茶トラ色、にゃん、にゃん、にゃん。

ヘンな顔しないで。あたしが作ったんじゃない。彼女が歌ってたの。まあ、すぐにあたしも一緒に歌ったけど。いや、ネコは飼ってないって言ってた。

茶トラ色に揚がった丸いドーナツの真ん中の部分をトレイにとると、食べよう、って片手でトレイを差し出してきた。で、まずは自分があいている方の手で、熱っ、なんて言いながら一個とって口に放り込んだの。あたしもマネをして、もう一つを口に入れた。揚げたてのドーナツ、の真ん中。

熱っ、カリッ、フワッ、ジュワッ、からの、フワッ。

ジュワッはバターだよ。砂糖はまぶしてない。でも、甘かった。

――ドーナツは真ん中においしい成分が集まるんだよ。それをくりぬいて固めて、くりぬいて固めて、最後に残ったおいしい成分がぎゅっと詰まったドーナツの真ん中は、作った人へのご褒美、なんだって。

本当に、ご褒美の味だった。すぐになくなっちゃったけど。

それから、二人でせっせとドーナツを揚げていったんだけど、その作業が全然苦痛じゃないの。多分、先にご褒美をもらってるから。

茶トラ色、にゃん、にゃん、にゃん。何十回歌ったかな。

その時の彼女の横顔、鼻筋がしっかり通っていて、きれいだなって思ったんだ……。

あれ？　また、ヘンな顔になった。それって、センパイのイメージとずれてるってサインだよね。あたし、思うんだけど、センパイの頭の中の彼女って、性格が違うとわかってからも、まんま、横綱さんの中学の時の姿で再現されてない？

それなら、その顔も納得できる。太ってる同士で、ザ・親子っていうイメージが強かったけど、ちゃんと思い返せば、顔はまったく似ていなかった。お母さんはのっぺりというか、平安時代の貴族みたいな感じだったけど、彼女は丸顔の中にしっかりとしたパーツが並んでた。

ギリシャの彫刻みたいな感じ。目も大きくて、彼女が痩せたら、すごい美人になるかもしれないって想像したこともあったっけ。

嫉妬？　その時はしてなかったと思う。だって、痩せたら、だもん。周りにダイエットしてる子もいたし、自分でも一キロ太ったら焦って一日断食したりしてたけど、彼女はダイエットしないだろうなって……、なんで決め付けていたんだろ。

太っていることを、本人が気にしているようにまったく見えなかったからだよ。彼女はお母さんのおいしい手作りお菓子を食べて太っていた。それが、幸せそうに見えた。だから、太ってることをうらやましいでしょって言われた時に、カチンとくるものがあったんだと思う。

あたしに向かって、うらやましいでしょ、って何様のつもり？

だからってわけじゃないけど、彼女の自殺を知った時、あたし、泣いてない。

ドーナツ作りを一緒にしたからって、その後、特別に仲良くなったわけじゃないし、三年も別のクラスで、今度は委員会も別だったから、ちゃんと話したのはその文化祭の時が最後だったと言ってもいいくらい。だけど、すごく濃い時間だったと思う。

ドーナツは三個入り五〇〇円って、中学生からすればちょっと高めの値段だったせいか、最初はあまり売れなかった。保護者からも、あら今年はクッキーじゃないのね、とか言われて。ドーナツイコール油っていう悪いイメージが強かったみたい。

でも、買って、お昼休みに食べた子たちが、メチャクチャおいしい、って大はしゃぎして。そうそう、販売は朝からだけど、食べていいのは昼休みのあいだだけだったから、時間差で口コミが生まれて、午後からの販売は行列ができて一〇分で完売したの。

二人でハイタッチしたら、ひっくり返りそうになっちゃった。

二日目は、初日に義理で買ったら、おいしすぎてこれを買うためだけに今日はやってきた、なんて言う保護者もいて、午前中で全部売り切れてしまった。レシピがほしいっていう人もいてどうしようかと迷っていたら、ちょうど彼女のお母さんが文化祭を見に来ていて、いいよって言ってくれた。

だから、元のレシピに書き足してコピーしたの。

『キラキラドーナツ』って。

ネーミングセンスがダサい？　吉良《きら》親子リスペクト感満載なのに。

言わなかった？　彼女の名前は、吉良有羽《ゆう》。羽がある、キラリンビーム。

おーい、センパイ。どうしたの？　聞いてる？

そのレシピ、ずっと引き継がれて、うちの学校の名物になっていたみたい。でも、さすがに今年の文化祭では作られなかったって。

吉良有羽が大量のドーナツに囲まれて死んでいたっていうニュースは、みんな知ってるもん。さっきもちょっと言ったけど、田舎に住む太った女の子の自殺なんて、全国ニュースどころか、ローカルニュースでも取り上げられない。でも、情報は回る。

死体の周りにドーナツが百個以上ばらまかれていた、なんてウソくさい内容もあるけど。ドーナツの個数はピーク時の彼女の体重と同じ数だった、とか。

それをなぜか、母親の呪い、なんて言う人もいる。彼女は睡眠薬を大量に飲んで死んだんだけど、ドーナツはダイイングメッセージで、母親を告発している、とか。遺書がなかったからって、まるでドーナツが遺書扱い。

おかしいよ、そんなの。ありえないでしょ。

あたしは、彼女はお母さんとは関係ないことで何か悩みがあったんじゃないかと思う。ドーナツを作れば元気になれるんじゃないかと思って、がんばって作ってみた。いっぱい生地をこねて、疲れちゃったのに眠れなくて、睡眠薬を飲みすぎてしまった。

せっかく作ったドーナツを食べないまま。

でも、あたしは、あたしだけは、それを残念だったとか、かわいそうだとは思わない。彼女はきっと、ドーナツの真ん中は食べたはずだから。

一番おいしいのは、みんなの知らない、ドーナツのくりぬいたところ。でも、それを知ってるのは、ドーナツを作ったことがある人だけなんだよね。

彼女の本当の気持ちなんか、きっと誰にもわからない。あるけど見えていないんじゃなくて、切り離したものだから。

ああ、あの時のドーナツ、また食べたいな……。

おかしいな。なんで、今になって涙が出てくるんだろ。ダメ、鼻水まで。

センパイ、ティッシュもらうね。えっ、そこの机は近付いちゃダメって、なんで、なんで……っと、ファイルが雪崩、そういうことか。ゴメンなさい。

拾わなくていいって、そんなわけには、あたしのせいなんだし、ちゃんと拾い……。

この写真、沙良じゃない？　まだデビュー前っぽいけど……、えっ、えっ、鼻？　帝王切開じゃないの？　こっちの子はすごくきれい……。

処分しなきゃいけないファイルなのね。大人の事情で。もちろん、言わない。誰にも、言わない。

言わないけど……、センパイ、このファイルって、ある意味、ドーナツの真ん中を集めたものだよね。おいしくはなさそうだけど、あたしも、発売即完売の、みんなに愛されるドーナツにしてほしいな。

うまいこと、言っちゃった。へへっ。

第三章

似たもの親子

おっ、来た、来た、「特製堀口酢豚」。ここの店長は野球部の後輩なんだ。四つ年下だから、久乃は知らないかも、だけど。

そうか。知らないか。昔から小洒落《こじゃれ》たヤツで、そんなのどこで買ったんだ？　って俺ならちょっと恥ずかしくなるような服を、こんな田舎で堂々と着ていただけあって、高校卒業と同時に東京に出て行っちまってな。てっきり服飾の専門学校でも通ってるのかと思ったら、そこはやっぱり町で一番人気の中華飯店の息子、調理師専門学校に行って、卒業後は有名な店で修業をしていたらしい。

なんか、昔流行ってた「料理の神」って番組の、フランス料理の神だった人のところだって。久乃なら行ったことあるんじゃないか？

そう、その、なんとかオブリージェってところだったはず。さすが、セレブ。そうなんだよ、まさかのフランス料理だろ。

だからさ、親父さんが病気になってしばらく店を休むって聞いた時も、あいつが帰ってくるとは思ってなかったから、うまい餃子とは一生縁がなくなるんだってがっかりして、初めて、もっと大きな町に住んでりゃな、なんて思ったよ。

いや、本当に、初めてだ。おまえら都会に出て行ったヤツらは、この町に住む全員が町を出て行きたいって思ってるなんて勘違いしてるかもしれんが、俺はまったくそんなふうに思ったことはない。強がりじゃなくてな。

都会を知らないわけでもない。まあ、東京には縁がなかったけど、名古屋に親戚がいるから、毎年夏休みには遊びに行ってたし、ほら、おまえにもプリン買ってきてやったじゃん。渡したときにはドロドロになってたけどさ。

専門学校も名古屋だ。って、知ってるか。いや、俺の進学先なんか興味ないか。別に関係ないけど。

それで一度は家を出たけど、ここじゃねえな、って入学ひと月後には思ったんだよな。まわりに人が増えれば増えるほど、自分と気の合うヤツに出会えるんじゃないかって期待してたけど、そういうわけでもなくてさ。

なんか、全体的に薄っぺらい感じ。やっぱり、酒飲みながら夜通し腹を割って語り合えるのは、同じ空気を吸って成長してきたヤツらだって認識したんだ。

ていうか、食おうぜ。せっかくの酢豚が冷めちまう。

メニューを間違えてないか？　いや、合ってるよ。餡《あん》はもう少しあとから出てくるんだ。まずは、カリッと揚げた肉をそこの小皿の塩で食って、シメに熱々の餡をかける……って、おまえ、この食い方知らねえの？

俺も最初は驚いて、柳のオリジナルか、けっこう奇抜なこと考えるな、なんて感心してたんだけどよ、本人はケロッとした顔で、肉と餡が別の皿で出てくるスタイルなんて珍しくない、って言ってたぞ。都会じゃ、こっちが流行ってんじゃねえのかよ。

海外の店で一度このスタイルだったことはある？　すげえじゃん、柳。東京のマネじゃなくて、海外の流行を東京より先に取り入れてたのか。さすが、ヌーベルシノワなんてヘンな名前に変えただけあるな。

あいつが帰ってきてすぐにこの店の改装工事が始まって、あぶらぎった食堂が真っ白な箱みたいな建物になった時には、俺や地元民が通うような店じゃないんだろうなって寂しくなったけど、オープニングパーティーなんてのに呼ばれて行ったら、ちゃんと見慣れた料理が並んでいるし、そのうえ、最先端の料理まであるんだからよ、感動しかなかったぜ。

故郷に錦を飾る、ってのは柳みたいなヤツのことを言うんじゃないかってな。まあ、久乃のように東京で活躍できてるヤツもえらいとは思うけど。しかし、おまえも海外で食べたことあるなら、メニューを間違えたとか、そういう言い方することないじゃん。もしかして、こっちの田舎レベルにわざと合わせてる？

そんな失礼なことしない？　まあ、今の言い方は悪かった。おまえは思った通りのことしか口にしないヤツだったもんな。少し天然ボケなところはあったけど。そうか、そこは相変わらずそのままなんだな。

これ、から揚げじゃん？　すげえな、久乃。食べる前に豚肉じゃなくて、鶏肉だって気付いたの？　さすが医者、あなどれねえな。

はあ？　誰でもわかる？　まあ、おまえも主婦だしな。わかんねえのは、うちの野球チームのヤツらくらいか。

うちのヨメ？　いや、何だ、子どもが家出て行ったばかりだし、なかなか夫婦二人で外食なんてしないだろ。基本、この店、高いしさ。俺は知り合い価格にしてもらってるけど、逆に、だからしょっちゅう来られないっつうか、あつかましいのもなんだしな。

ああ、子ども？　息子が一人なんだけど、東京の大学に行ってんだよ。スポーツ推薦で入ったから、奨学金ももらってんだけど、それでも、まあ、金がかかるかかる。アパート代なんか、こっちで一軒家を借りられる金額だ。そのうえ、俺のおふくろの三回忌があるから帰ってこいって言ったものの、交通費請求されて、驚いた。後悔先に立たずだ。

な、外食してる場合じゃないだろ。

それに、外食だと、材料を選んだり、カロリーコントロールするのが難しいからな。

これが鶏肉だとわかったとして、どこの部位かまではさすがにわかんねえんじゃないか？

胸肉、当たり。粉まぶしてるのにわかるなんて、すごいな。

俺の体型見てそうじゃないかと思った？　なんだ、長袖着てても筋トレしてることがバレちまったか。さすが医者だな。

おお、餡もきた。まあ、食べようぜ。「特製堀口酢豚」、簡単に言えば鶏の胸肉酢豚だ。

酢鶏じゃないのかって？　それがまた、その名前だと、まったく別の料理が来ちまうんだよ。特製醬油ダレのかかったさっぱりしたヤツが。中華は奥が深いぜ。

遠慮せず、たっぷり餡をかけろよ。俺はちょこっとでいいからさ。できれば、きゅうりとパイナップルは全部取ってくれ。この辺がヌーベルだよな。きゅうりは好きだけど、炒《いた》めてケチャップをからめる必要はないんじゃないか、ってな。

　待て、久乃も酢豚のパイナップルはダメだったよな。ポテトサラダのりんごや缶詰のみかんとか、おかずに果物入れるの反対派だったもんな、俺たち。いや、たちって、そう深い意味じゃないし。

　おお、うまいか。うっかりケチャップなんて言ったけど、それとは違う味がするだろ。さすが、料理の神のもとで修業してただけあるよな。まあ、俺はもう少し塩で食べるけど。パキスタンの岩塩だってさ。開発途上国なのに核持ってたり、よくわかんねえ国だけど、この塩はうまいんだ。

　から揚げを頼めばよかったんじゃないか？　それじゃあ、体作りに必要な栄養がバランスよく取れないだろ。

　バルクアップに必要なのは、ＰＦＣバランスって呼ばれる、タンパク質と脂質と炭水化物だけじゃないんだ。ビタミンも大事、って横網さんも言ってたぞ。タンパク質と炭水化物とビタミンが、二対一対一になるのがちょうどいいらしい。

　だから、甘酢の餡や野菜は必要なんだ。

　柳には、大好物の酢豚をバルクアップ用に仕上げてほしい、って頼んだんだけど、もしかすると、きゅうりはそのためのオプションみたいなもので、他の客に出す酢豚には入ってないのかもしれないな。久乃的にはどうなんだ？　他のところできゅうりが入った酢豚なんて食ったことがあるか？

けっこうある？　なんだ、そういうもんなのか。ていうか、何だ？　その気のない返事は。そうか、バルクアップか。おまえ、昔から、自分が知らない言葉が出てくると、そこで会話をフリーズさせてたもんな。

バルクアップってのは、簡単に言えば、筋肉を大きくすることだ。筋トレをすると、筋線維が傷つく。体はそれを修復しようとする。その時に良質なタンパク質を取ることによって、筋肉は元より大きくなる。それの繰り返しだ。

炭水化物が必要なら、あとに出てくるチャーハンでいいって思うだろ？　ああ、言ってなかったっけ？　今日はシェフのおまかせコースを頼んでるんだ。酢豚は俺専用のオプションみたいなもので、これから、クラゲとか、海鮮の卵白炒めとか出てきて、最後に、チャーハンか天津飯《テンシンハン》を選ぶことになる。

心配すんな、どれも仏壇のお供えかってくらいの量だから。なのに、デカい皿で出てくるんだぜ。

それでも、きつい筋トレのあとは体内のグリコーゲンが減少してるから、糖分をすばやく補給した方がいいんだ。ここに来るのは大概、野球か筋トレしたあとだから、酢豚はその延長、気取ったディナーはこれからってこと。

そうだ、飲み物、二杯目はどうする？　いつもの癖で久乃に訊く前にハイボールを頼んだけど、合わせてくれなくていいから。俺は筋トレ始めてからは、ビールを飲まないようにしてるだけだし、ビールでも紹興酒でも好きなものを頼んでくれ。野球チームの中にワイン通のヤツがいるんだけど、そいつが言うには、日本では手に入れにくいワインなんかもあるらしい。

ていうか、久乃、酒飲めたっけ？　ああ、ハイボール飲んでるってことは、大丈夫ってことか。なんか、普通に乾杯したけど、俺ら、会うのって何年ぶりよ。高校卒業以来じゃないか？　二人で飯食うのなんて……。

そういや、ハイボール。おまえ、炭酸いけるようになったんだな。あれ、いつだっけ。久乃がうちに来たの。確か、テレビの録画がちゃんとできてなくて、土曜の昼から俺んちで見ることになったんだよな。うわ、土曜の昼だって。完全週休二日制じゃないとかいつの時代だって、今の子どもに笑われそうだよな。

いやあ、一気におっさんになった気分だ。まあ、だから学校帰りに昼飯買うってお楽しみもあったわけだけどさ。カップ焼きそばを食ったことがないってのには驚いたな。当時の俺が世界で一番うまいものだと信じてたのに。おまけに、家に着いてとりあえずって感じでコーラ出したら、炭酸飲料飲むのも初めてなんて言うから、俺、急に、庶民の家に連れてきたことが恥ずかしくなってきたんだった。

久乃ってさ、美人だったけど、性格はサバサバしてたじゃん。脳と口が直結してるっていうの？　俺、昔は背が低かっただろ。でも、よくよく思い返してみると、正面切ってチビって言ったの、おまえだけだ。

志保と間違えてないかって？　いや、久乃だよ。久乃はただ見たまんま、普通の顔して、堀口ってチビだよね、って言ったのに、志保が隣で大笑いしてたから、腹が立って怒ったのは志保に対してだったけど。

うん、絶対に合ってる。俺、記憶力いいもん。ていうか、おまえとか、志保とか、出て行ったヤツにとっては、この町での出来事は遠い過去の思い出だろ？　でも、こっちにいる俺にとっては、ひと続きの出来事なんだ。

だから、子どもの頃のこととか、この町でのことは、俺の記憶の方が正しい。じゃあ、質問。カップ焼きそば食いながら、俺の家で見たテレビ番組は何でしょう？

ターミネーター、正解。なんだ、憶えてたのか。まあ、おまえは頭いいもんな。正確にはゴールデン洋画劇場で、もう何度目だよってくらい放送されてた、途中でCMが入りまくる吹き替え版のターミネーター、なんて補足はいらないか。

小学生の頃から、少なくとも三回は見ていたはずなのに、前の番組からチャンネルそのままにしていて、またか、とか思いながらなんとなく見始めたら、結局最後まで、風呂に入るのも後回しにして見てしまうんだよな。

なんだろな、あの、自覚のない好きって感じ。

そのうえ、翌日、ターミネーター見た？　とか学校で訊いたりして。さすがに他のヤツらは、飽きて別の番組見たかな、とか思っていたら、案外、見た見た、って盛り上がったりしたし。おまけに、見逃したヤツが残念がる。で、俺の家はたまたま映画オタクの兄貴が録画していて、よかったらビデオ貸すけど、なんて言ってたら、わたしも見たい、って久乃が入ってきたんだよな。

おまけに、家のビデオデッキが壊れてるからうちで見ていいかなんて言い出して。あの時も普通に、いいよ、って答えられたのは、おまえだったからなんだろうな。他の女子なら、俺のこと好きなのかなとか、何か裏があるんじゃないかって勘繰ってしまうところだけど、久乃の場合は、ただ本当にターミネーターが見たいんだろうな、って。

家族全員出かけているし、ちょうどいいか、くらいにしか思わず、昼飯買って家に上げたけど、おまえのお嬢様発言で、一気に自分がとんでもないことしているような気になって、正直、あの時だけは、ターミネーターどころじゃなかった。

まあ、それがきっかけで映画行ったりするようになったけど……、映画館も遠かったな。レンタルビデオ店ができたのは、高校卒業してからだ。正月に名古屋から帰ってきたら、晩に親父がいいところに連れて行ってやるってニヤニヤしながら言うからさ、ちょっといやらしい店とか想像していたのに、おふくろまで車に乗ってきて、どうなってるんだ？　って思ったら、海岸通りにできたばかりのビデオ屋に到着だ。

知ってる？　隣が本屋で、駐車場がだだっ広い。

そうそう、盆踊りができそうなところだ。

照明もやたらと明るくて、すげえ、なんて俺も興奮しちまったんだけど。まあ、その翌年は同じような感じでローソンに連れて行かれて、なんというか、みみっちい田舎あるあるネタだ。

そのレンタルビデオ屋も本屋も、去年閉店した。でも、衰退って気もしない。ネットがあるからな。テレビの録画も必要ないくらいだ。そういや、久乃、如月アミって子、知ってる？　アイドルというか、女優というか。うちの息子と同級生なんだ。

へえ、知ってるのか。おまえといい、アミちゃんといい、この町は有名人だらけだな。まあ、二人か。そのうちの、片方が父親と同級生で、片方が息子と同級生っていうのもすごくないか？

横綱？　そうか、あそこもそう……、だったな。

——シメ？

久乃、チャーハンと天津飯どっちにする？　俺はタンパク質の補給に天津飯を選ぶけど。えっ、麺もあんの？　海鮮入り赤いスープの汁そばか、牛肉入り黒いソースのジャージャー麺風？　どっちもうまそうだな。

でも、やっぱ、俺は天津飯にする。小麦粉はよくないからな。ほら、海外のトップアスリートもグルテンフリーにしてパフォーマンスがアップしたって言ってるだろ。炭水化物を取るならやっぱ、米だ。できれば玄米がいいけど、柳のヤツもそこは特別メニューにしてくれないんだよな。まあ、確かにここの白米は、なかなか契約の取れない農家から特別におろしてもらってるとかで、俺でも、自分の家の米とはまったく味が違うってわかるくらいうまいんだけどさ。

汁そばにすんの？　米の話聞いてた？　そういうブレないところがまったく変わってなくて、嬉しいような気はするけど。

そりゃ、嬉しいに決まってるだろ。年を重ねりゃ、人間、誰だって変わっていくんだ。ずっと同じ場所にいてもな。ましてや、都会に出たヤツなんて、まるで別人になるんじゃないかって気もする。

親世代がよく言う、情がなくなるとか、計算高い人間になるとか、そういうふうには思ってないけど、器用にふるまえるようになるんじゃないかとは思ってる。なんてったって、自分のことを知らないヤツらに囲まれて生活できるんだから、うまくコントロールすりゃなりたい自分になれるわけじゃん。

で、昔のことは置き去りにする。

久乃って、今、身長いくつ？　一七〇センチ？　なら、ちょうど俺と同じだ。

ほら、驚いた。店の前で待ち合わせて、並んでこの席まで歩いてきたのに、おまえの中じゃ、高校時代の俺の身長のままってことだ。こっちは、あれから一三センチも伸びたっていうのに。

ほとんどの同級生の中にいる堀口弦多はチビのままだ。

それと同じように、おまえの中の横綱八重子はデブのままだろう。

まあ、おまえは痩せた横綱を見てないからな。俺だって、痩せた横綱を見ているのに、たまに、太った昔の姿が先に頭に出てくることがある。

多分、横綱を知ってるほとんどの人間はその姿を思い浮かべるだろうから、悪い噂が、さも真実のようにすごい速さで広がっていくんだろうな。

久乃は横綱にどんなイメージ持ってる？　デブなしで、三つ挙げるとしたら。

根暗、被害者意識が強い、ひがみっぽい。うん、俺も昔は同じイメージを持ってた。

イメージっていうか、いろいろあったよな。

バンって机叩いたり倒したりしながら立ち上がって、今、わたしのこと笑ったでしょって、叫んで泣き出すアレとかさ。授業中でも給食の時間でもやってたもんな。そのせいで誰も、ひそひそ話もとっさに思いついたダジャレも言えない。休憩時間に、昨日見たお笑い番組の話もできない。

被害妄想って言ってしまえばそれまでだけど、元はと言えば、被害妄想じゃなく、横綱の体重をネタにクラス中のヤツらが笑ってた時期があったからな。六四キロだっけ？　やたらとムシやロシがつく言葉探してみたりしてさ。

俺も、そういうの、一番になって乗っかるタイプだったけど、体のことが元になっているネタには同調できなかった。いつ、俺のチビネタに変わるかわかったもんじゃない。それに、自分とは関係ない会話まで自分のことのように聞こえる気持ちも、あの頃からよくわかってた。

俺とはまったく関係ないものに対して小さいって言ってる声が聞こえても、自分が悪口を言われてるような気分になって、うっせえとか、べちゃくちゃしゃべってんじゃねえよとか、女子に突っかかることもあった。

それでも俺は、足が速いのと、おもしろいって部分で救われてたところがあったんだろうな。横綱は、文化祭のクラスの出し物で全員が舞台に立ってダンスをすることになっても、自分は絶対に踊らないって、練習しようともしなかったし、音楽の時間の歌のテストですら、みんなの前で歌おうとしなかった。

理由を訊くと……、憶えてるか？

そう、どうせみんな笑うんでしょ！　ってキレまくる。そういうのが続くと、初めは持ってた同情心もすっかり消えちまって、逆に腹が立ってきた。

おまえがデブなのはおまえのせいなのに、どうして俺らが八つ当たりされなきゃなんないんだよ、って。チビは遺伝だから仕方ない。それでも俺は毎日牛乳を一リットル飲んでたし、小魚も食ってた。ばあちゃんちの倉庫に、昔買った、ぶらさがり健康器ってのがあるって知ったら、それを譲ってもらって、毎日ぶらさがってた。

それに比べりゃ、痩せるのなんてお安い御用じゃん。だから、横綱の印象は、俺の中ではデブっていうより、陰険とか、そんな感じだった。実際、小、中、一緒だったけど、笑ったとこなんて一度も見たことなかったし。

だからさ、びっくりしたんだよ、成人式の時。

市民ホールでの席はざっくり町ごとに分けられてたから、全員知ってるヤツらばかりのはずなのに、一人、誰だかわからない子がいて、隣にいたヤツにこっそり訊いたんだ。そうしたら、そいつも首捻《ひね》ってて。

まあいっか、って思ったら、向こうから、「堀口くん、久しぶり」なんて声をかけてきたんだ。笑顔で。おまけに、俺が誰だかわかってないことにも気付いていたんだろうな。「横綱八重子だよ、憶えてる？」なんて親しげに言われちゃってさ、こっちは呆然とするしかないだろ。

言われてみれば、確かに、横綱の顔だった。振り袖姿だったけど、それほど厚化粧をしていたわけじゃない。でも、太っていない横綱を横綱って認識できるヤツなんていないだろ。その証拠に、俺たちの町のエリアだけ、へんなざわめきというか、どよめきみたいなのが起きていたんだから。

正確に言うと、痩せてはいない。もし、久乃があの体型になっていたら、太ったって言われるはずだ。何て言うんだ？　標準体型？　でも、横綱の標準体型は、激痩せと言えるんじゃないか？

おまけに、笑顔だ。それで、人相も少し変わっていたかもしれない。目も細いままで、かわいくなったわけじゃないけど、とっつきやすくなったイメージかな。

あと、何が驚いたかって、夜に同じ中学のヤツらでカラオケに行くことになったんだけどさ、横綱も来たんだよ。しかも、ちゃんと歌ってるし、またそれがけっこう上手いわけ。

ヨコちゃんって歌上手かったんだ、は、まだしも、どうやってダイエットしたの、とか馴れ馴れしく失礼なこと言ってる珠美たちにも、ぜんぜん嫌な顔してなかったし、俺らにも普通に近況報告してくれてさ。

神戸の短大に行って、管理栄養士の勉強をしているんだ、って。痩せたのは、栄養の正しい摂り方について学んでいるからかな、なんて言ってた。

そうそう、カラオケの時は洋服で集まって、横綱、花柄のけっこう派手目なワンピース着ていたけど、そんなにおかしくないっていうか、似合ってるっていうか、女子にも、オシャレになったよねとか言われてたし、化粧もちゃんとしていたな。

自分はカラオケもオシャレも恥ずかしいし、そんなことをすると笑われそうだって思い込んでいたけど、ぐいぐいひっぱってくれる友だち、っていうか、そのお姉さんがファッション関係の仕事をしていて、いろいろよくしてくれたんだってさ。

俺が思うに、子どもの進学は本当に懐が痛いけど、こっちに戻ってこようが、出たまま就職しようが関係なく、人生のリセット期間は必要なんじゃねえかな。これまでの自分のことを知らないヤツら相手なら、なりたい自分になれるし、そのために少しは努力しようとも思えるし、それが恥ずかしくないだろ。

俺の場合で言えば、人前で牛乳を飲んでいても、身長を伸ばすため？　とか訊かれなかったし、そもそも、高校を卒業して出会ったヤツから、チビ扱いされたことはない。たとえ、デカくはなくてもな。

だからって、田舎に帰ればまたからかわれるわけでもない。新しい印象にちゃんと上書きされるからな。一番質《たち》の悪いのは、出て行った時の記憶のまま時間を止めて、もう何年も経っているのに、昔の印象のまま接してくるヤツだ。特に、ちやほやされていたヤツは上書きを受け入れようとしないから……。

横網のことを、陰険で被害者意識が強くて、ひがみっぽいなんて、マスコミの連中に平気な顔して語るんだ。

田舎町で起きたありがちな自殺話で片付いてたのに、おかしな噂が広がって、ついには週刊誌の取材までやって来た。そっとしておいてやればいいのに。

で、久乃が俺を呼び出した本当の訳は？

講演会があるのは知ってる。ヨメがママ友連中に誘われたらしいから。結局、何人かでチケットを買いに行ったら初日に完売したって言われたんだとよ。

ああ、いらないいらない。本人はむしろホッとしてるみたいだから。昔は熱心なファンでさ、おまえが出ている番組を録画したり、本を買ってきたりしていたし、俺が同級生って知ると、それだけでうらやましい、なんて言ってたのに、なんか、最近になってママ友連中の誰かから、俺とおまえが付き合ってたことを聞いたらしくて、どうして教えてくれなかったのかとか、わたしをバカにしてるのかとか、キレられちゃってさ。

それからは事あるごとに、どうせわたしはブスですよとか、どこぞの女医さんみたいにかしこくないから、みたいな言い方するようになって、なんていうか……いい迷惑なんだよ。

付き合うったって、田舎の純朴な高校生が何するっていうんだ。一回キスしただけじゃん。まあ、それは伏せて、手を握ってすらないことになってるけどよ。おまけに交際期間っていうの？　それだって、ターミネーター見た日からカウントするとしても、三カ月ないくらいじゃないか。

しかも、俺、フラれたよな。あれ、いまだに謎なんだけど。

わたしのどこが好き？　って訊かれたから、こっちは素直に「顔」って答えたのに、返ってきたのは「黙れチビ」。そのうえ、こっちが怒る間もなく逃げ出して、それ以来、無視。口をきくどころか、目すら合わせてくれない。

なのに、二〇年以上経っていきなり、会えないか、なんて言われてもなあ。しかも、家の電話とか、どんだけハイリスクな手段取ってんだよ。横綱さんのことでちょっと、とか言うから、俺もノコノコ出てきたけどよ、おまえと横綱なんて、昔の同級生ってこと以外、接点ないだろ。

逆に、あるとしたら、俺に訊きたいことなんてないだろうし。

おまえ今、ニュース番組のコメンテーターもしてるんだろ？　そういうのネタにしたり、本でも書こうってんなら、これ以上、おまえと話すことなんてないからな。

――――。

そういうことなら、話すわ。ゴメンな、ちゃんと確認せずに勝手なこと言って。

成人式以降、俺が横綱と再会したのは、一〇年くらい前かな。夜間外来に横綱が子どもを連れてきたんだ。高熱を出したからって。

あれ、言わなかったっけ？　俺、今、県立病院で看護師をしているんだ。

高校卒業してすぐは、これからはパソコンが使えなきゃ話になんねえ時代が来ると思って、情報系の専門学校に行ったけど、こっちに帰って、会社勤めして一年も経たないうちにデキ婚しちゃってさ。専門学校時代にバイト先で出会った子なんだけど、向こうも仕事やめてこっち来たし、知り合いもいないところで子育ても大変だし、俺だけが働くとして、家族養っていけんのかなって不安になったんだよ。

転職するにしても、ちょっとパソコン使えるくらいでこの町に俺の需要なんてあるのか？とかさ。まわりは年寄りばっかだし、必要とされるのは医療じゃないのか、なんてな。おまえだって、言ってたじゃん。

夏休みに二人で旅行とかしてみたいけど、高校生じゃ無理だよな、なんて話してたら、久乃のお母さんのボランティアグループが主催している海外視察に、手伝いをすることを条件に連れて行ってもらえることになっただろ。

カンボジアだったよな。施設に粉ミルクを届けるだけの役割なのに、目の前の光景におまえも俺もショック受けて、それすら満足にできなくてさ。

おまえにみっともない姿見せたって落ち込んだけど、まあ、それはお互い様か、なんて開き直ってたら、星空を見に行こう、っておまえに誘われて。

そこで、医者になる宣言をされたんだよな。

あのときの久乃、本当にかっこよかったよ。俺はさ、みんなにうらやましがられるほどおまえが美人ってことに興味がなかったんだ。昔から見慣れてるから、ありがたみを感じなかったんだろうな。でも、あの晩、決意を語ったときの久乃の顔は本当にきれいで、ああ、俺、この顔が大好きだ、って思ったんだ。

それで「顔」って言ったのか、って、そうだけど。おまえ、説明する時間なんてくれなかったじゃないか。まあ、俺も、おっさんになったから恥ずかしげもなくこういう話ができるようになったのかもしれないな。

俺は、昔から男にしてはしゃべる方だったけど、言葉が足りてなかったことは、他にもいろいろあるんじゃないかと思う。

ていうか、それで本当に医学部受かったおまえはすごいけど、そこから何で、美容整形とかやってんの？　カンボジア、関係なくないか？

まあ、おまえのことはいいよ。興味ないし。それこそ、昔と同じだなんて思っちゃいない。

あの時の光景と重なるほどこの町は廃《すた》れてないが、それでも、何もないことに慣れた町でも、絶対に必要とされるのは医療だと思って、ヨメと親に頭下げて、看護学校に行かせてもらうことにしたんだ。

で、横網だけど、あいつ、その時、この町に戻ってきたばかりでさ、かかりつけの医者もいないから不安で心配だったけど知り合いに会えてよかった、なんて泣いて喜ぶもんだから、こっちも、他に困ったことがあれば何でも相談してくれって、電話番号の交換をしたけど、その後、連絡はなし。

でも、割と頻繁に会うことになるんだよな。子どもの小六のＰＴＡの役員を一緒にやることになったから。

下手に噂話を聞くより、俺から話しておいた方がいいと思うから言うけど……。

横綱、その時は吉良って名字になってたけど、あいつとユウちゃんは、血の繋がった親子じゃない。ってことくらいは、とっくに知ってるか。

記事にはなっていない？　まあ、情報流してるのは、横綱とそれほど親しくないヤツらだっていう証拠だ。

でも、極秘情報ってわけでもない。俺は横綱から直接聞いたから。深刻な雰囲気なんてまったくないところで。

久乃の子どもって今いくつ？　五歳じゃ、まだ小学生になってないか。まあ、おまえの子どもが通うようなセレブ小学校じゃ、横断歩道の旗持ち立番なんてなさそうだけどな。

まだ続いてるのかって？　当たり前よ。ってか、学級連絡網もまだ電話でまわしてたんだぞ。ちなみに、メール配信を学校に提案したのは俺なんだけどな。

それで、横綱と同じ日になったことがあって。七時から始まるものの、そんな時間から登校する子どもなんて限られてるから、二人で立ち話になってな。他の役員って俺らより年上の人ばっかだよな、ってとこから、横綱も早くに結婚したんだな、もしかしてデキ婚？　とか言ったら……。

そうそう、成人式の時の印象のまま。そういうこと訊ける雰囲気の横綱だったから、というか、さらに明るくなっていたな。ギャハハ、なんて声あげて笑う横綱、成人式からでも想像できなかったし。

しかも、体重はなんというか、ぽっちゃりに戻ってるんだ。痩せたから明るくなるとか、単純なことじゃなかったんだな。ていうか、やっぱ、まわりの環境じゃないか。親切な人に囲まれてるとか、愛されてるとか……いや、そうか？

悪い、悪い、俺の頭の中だけで話が進んでた。

結婚したのは四年前だなんて言うんだ。横綱は初婚で、子どもがいる相手と結婚したらしい。旦那は一流企業に勤めていて、これは、横綱が自慢っぽく言ってたんじゃないぞ。会社名を言わないし、ヘンに謙遜《けんそん》しているから、田舎のヤツらには妬まれそうな大企業だから内緒にしておきたいのか？　って訊いたら、申し訳なさそうに頷いただけだから。

その旦那が五年間、海外赴任することになったらしい。アメリカだっけ？　そのタイミングで、横綱のお母さんも入院したから、こっちに帰ってくることにした、って。

まあ、四年経ってるとはいえ、血の繋がらない子と旦那抜きで過ごすのは大変じゃないか？　って訊いたら、ユウは本当にいい子だからって、いい顔して笑ってたな。

ＰＴＡ活動も熱心でさ、親子料理教室の講師も立候補してくれて、体の成長と栄養の話をしてくれたり、ハンバーグとクッキーをみんなで楽しく作ったりしたもんだ。ユウちゃんも、もともとこの町の子みたいになじんでいて、活発で男まさりで、うちの息子なんてげんこつ入れられて泣かされたこともあったな。あん時はまいったよ。

ワンワン泣きながら帰ってきたからさ、こっちがチビだから舐められたんだと思って、文句の一つでも言ってやろうと、相手は誰なんだ、って訊いてもなかなか答えない。泣き寝入りするつもりなのか、なんて脅しながら問い詰めたら、ユウちゃんだって。しかも、原因はこっちにあるって言うじゃないか。

ユウちゃんとお母さんって似てないね、って言ったそうだ。まあ、息子は血が繋がってないことを知らないからな。だからといって、実は、なんて俺が教えていいもんかどうかもわからなかったし、とはいえ、なあなあにするのもおかしいだろう。だから、言ってやったんだ。

他人の外見について口にするもんじゃない。たとえ褒める時でもな。お父さんなんて、美人の女の子の顔を褒めたのに、フラれちまったんだから。

いい例があって助かったたって話だ。横網には、息子が失礼なことを言って申し訳なかった、って役員会の時に直接謝ったけど、そこでも、気にしてないからって笑ってた。

そもそもユウは父親似だし、女の子はそういうもので、堀口くん親子が瓜《うり》二つすぎるんだよ。なんて言われたかな。

そのうえ、仲直りのしるしに、手作りのドーナツまでくれてさ。ちゃんと俺のもあったのに、ヨメが二人分食っちまったから食べられなかったけど、相当うまかったみたいだな。

ああ、まあ……、ドーナツはいいわ。

そうやって横網とゆっくり話せたのは、その一年間だけだったけど、中学に入ってからも、体育祭なんかで顔を合わせると、手を振ってくれたり、同級生の誰々が結婚したらしいなんて世間話をしていたし。そうそう、筋トレの食事メニューについても教えてもらったしな。

本当に、明るくて、優しくて、面倒見のいい、いいお母さんって感じだったんだ。それから、三、四年経ったとはいえ、人ってそんなにガラッと変わるもんじゃないだろう。

なのに、なんで虐待親みたいなことになってしまってるんだろうな。

こういうのは、ネットに掃いて捨てるほど上がってるだろ。

まあ、続きは明後日、息子に訊いてくれ。俺はユウちゃんのことはよくわからないからな。

いや、ここは俺が払うから。何、土産まで持ってきてくれてんの？　ありがたいけど、おまえに会ったことバレたくないから……、そうだ、柳に渡していいか？

あいつのヨメ、おまえのファンらしいからさ。たまたま食事に来て、土産をもらったなんて渡したら、喜んでもらえるだろ。もしかすると、柳もサインもらうために本の一冊くらい用意しているかもしれないぞ。

俺は、おまえの本なんて一冊も読んだことないけどな。

＊

父と……、本当に知り合いだったんですね。

注文？　水でいいっす。ああ、ダメか……。

こういう……、おばさんたちの喫茶店、来たことないから……。すみません、先生はおばさんじゃないけど、注文、先生と同じのでいいっす。

カフェオレ……。やっぱ、別のにします。コーヒーで。

いや、牛乳が嫌いとか、飲めないとかじゃないっす。腹、こわしたこともないし。

ただ……、日本人にはもともと牛乳を飲む習慣がなかったから、欧米人のように牛乳の栄養を取り込む体にできていない、って話を聞いたことがあるので、飲んでも無駄なものを体の中に入れる必要ないかな、なんて。

もっと早く知ってりゃ、子どもの頃からそうしてたのに。背が高くなるためにがんばって飲んでた時期があったんですよ。

って、初対面の人間に自虐ネタ言われても困るか。

そんなわけで、僕の体に牛乳の効果がないのは一目瞭然です。

豆乳にかえてもらえる？　それなら、豆乳のカフェオレにしようかな。ケーキ？　メニュー、すみません。最初から、これを見ればよかった。うーん、小麦粉はなあ……。

いや、アレルギーじゃないっす。ただ、今、グルテンフリー生活してるんで。この、果物がのったプリンにします。これも牛乳入ってるけど、卵と砂糖は必要だから。おまけにビタミン、やっぱ、これだな。

筋トレ？　簡単にいえばそうだけど、父親がやってるようなにわかじゃないんで。僕、高校時代、ウエイトリフティング部だったんです。大学入ってからは腰を痛めてしばらく休んでるけど。こいつら、ほうっておくと、すぐに脂肪に変わってしまうんで。

それも、ありっちゃ、ありかな。そうだ、やっぱり、プリンやめて、ちゃんとしたケーキにしよう。カロリー高そうなヤツ、よし、モンブラン。黄色くないモンブラン見るの初めてだし。きっと、本物の栗でできてるんだろうな。

先生はガトーショコラか。それも捨てがたいな。ていうか、先生みたいな人でも、ケーキ食うんですね。酵素水と野菜スムージーだけで生きてるようなイメージあるけど。もしかして、無理して合わせてくれてるとか？

へえ、普段から食べてるんだ。まあ、先生の場合、太れば、自分の病院で脂肪吸引したらいいのか。

そうだ、本物の美容外科の先生ならわかるかも。先生、如月アミって知ってます？　僕らの同級生で、アイドルやってるんです。まあ、売れてないから知らないかもだけど……。

知ってる？　彼女、最近、鼻の整形してないっすか？　同級生のあいだではちょっとした話題になってて。勇者が直接訊いたら、うつぶせ寝をやめただけ、なんて言われたらしいけど、そんなことで鼻の形が変わる？　って。ネットで噂になってないかと調べたら、関連記事、ほぼゼロで。

よくも悪くも注目されてないってことか。

本人がそう言うなら、そうじゃないか？　先生もテキトーだな。案外、先生が手術して、秘密にしておかないといけない、とかだったりして。

でも、鼻筋が少し通ったくらいで、人気が出るわけでもないか。そもそも、如月の場合、整形するなら、まず、顔の大きさだろうし。ああ、テレビではひとまわり大きく映るって聞くけど、先生を見たら、本当だなって実感っす。先生、俺の手のひらくらいしか顔ないから。なのに、目はテレビで見るより大きいとか。

こんなきれいな人が親父とね……。

すみません。父親から、他人の外見の話はするなって、昔、けっこう怒られたことがあったのに。美人って言ってもダメだって、それ、先生のことっすよね。

信じられないけど、ホントに親父と付き合ってたんですか？　本人に確認できないのをいいことに、父親が嘘ついてるだけで、単に、片思いだったとか。でも、よそのおばさんからもそんな情報入ってくるし。

おまけに、それが原因で、うちの空気、微妙におかしくなっちゃったし。って先生に言うのもアレだけど。僕が家出てから、夫婦で会話したことなんかあるのかな。

田舎者が勝手に噂してるだけってなら、先生も迷惑だろうし、ビシッと否定してください。父親にも母親にもちゃんと伝えるんで。

いや、わざわざ先生に言ってもらうのもな。直接会ったら、うちの中で勝手に話が大きくなってるだけってのがわかったし。

どういうことか？　親の恥をさらすようでなんだけど、うちの母親ってよく、どうせわたしはあの人のかわりなんでしょ、って言うんですよ。でも、人としてのカテゴリーが全然違う。写真見ます？

ブスではないし、昔はもっとかわいかったらしいけど、美人ってタイプじゃないっすよね。森の子リスって感じ。性格も、先生みたいに夜中の討論番組で自分の意見をブレずに言えるようなしっかりしたタイプじゃないし。どちらかといえば、おっちょこちょいっていうか、抜けてる系？　カレー作るためにわざわざ肉を買いに行ったのに、結局入れ忘れてしまうとか、歯医者に行ったらそこのスリッパはいたまま帰ってくるとか。

まあ、そういうところがラクでいいんだけど、父親はなあ……。

言われてみれば明らかに先生のことを意識してたんだろうな、って思い当たることもあって。絶対に、僕から聞いたって言わないでくれますか？

何年か前に、テレビのお宅訪問番組で先生の家が出たじゃないですか。トレーニング機材が揃ったジムみたいな部屋があって、先生の旦那さんが筋トレしていて。確か、旦那様初公開、って言ってた。医者なのに、って言い方もおかしいけど、筋肉ムキムキで。

ご主人が鍛えてることを先生はどう思ってるんですか？　って訊かれると、先生、笑顔で答えてた。

アーノルド・シュワルツェネッガーが好きなんです、って。

あの直後から、父親もジムに通うようになりました。僕がたくましくなれるように協力するなんて言って、栄養のことにも詳しくなったりもしたけど、あれって、自分のためだったんじゃないかな。

もちろん、半分は自分のためだって、認めていましたよ。看護師は体力が必要だからって。ずっと前から看護師やってるのに、何でこのタイミングでって、その時はあまり深く考えなかったけど、一つヒントを与えられたら妙に納得できるっていうか。

そりゃあ、母親も不機嫌になるよな、とか。

偶然じゃないか？　いや、その番組を見たことは確かっす。本人は気付かれていないつもりでいるけど、先生の出ている番組も、先生の出した本も、父親、全部チェックしてますし。しかも、録画も本の購入も、母親のために気を利かせてやっているってふうに。

まあ、先生の自称元彼は他にもいろいろ聞くから、うちだけ大ゲサに受けとめる必要ないんだけど。

僕がウエイトリフティング部に入った理由？　持ち上げたい女子がいた……、いや、先生はこの話を聞きに来たんだ。

吉良有羽ちゃんを持ち上げたかったからです。

先生に説明するまでもなく、僕は中学の時は今よりもっと背が低くて、体重も軽かったんですよね。足は速かったんで、自分の体型をそこまでコンプレックスに感じたことはなかったけど、体育祭で事件が起きて……。いや、事件と言うほどじゃ……。こういうところから、誤解が生まれていくんだな。

でも、当時の僕にとっては大事件でした。足が速いもの同士ってことで、体型がぜんぜん違うのに有羽ちゃんと二人三脚リレーに出ることになって、案の定、半周もしないうちに転んじゃったんです。それだけでも恥ずかしいのに、僕、有羽ちゃんに抱えられてゴールして……。

確かに、膝を打ってはいたけど、走れないほどの痛みじゃなかったのに。僕がデカけりゃ有羽ちゃんも抱えようとは思わなかったはずだし。

おまけに、周囲はすごい大喝采で。全校生徒に注目されてるような気分で……。本当に情けなかった。有羽ちゃんのこと、一瞬、きらいになりそうだったけど、退場門からはけた途端、泣きながら謝られて。

わたしが太ってるせいでゴメンね、って。

情けない気持ちは加速したけど、有羽ちゃんを恨む気持ちはまったくなくなって……。それどころか、見返してやりたいというか、いいところをみせてやりたいとか、そんな気持ちが込み上げてきて……。

今なら単純に、好きになったんだろうなってわかるけど、そういう気持ちとは素直に向き合えない時期だったから、そんなことない、みたいな慰めの言葉も出てこなくて、バカなこと言っちゃったんですよ。

ドーナツでいいよ、って。隣町にドーナツショップができたから、それ狙いで。

でも、有羽ちゃん、休み明け、お母さんの作ったドーナツを持ってきてくれたんです。高そうなケーキ食べながら言うのもなんだけど、本当においしかった……。

元気が出てくるっていうか。素直な気持ちになれるっていうか。

今度同じことが起きたら、僕が有羽ちゃんを抱えてやろう。

そんなことを胸に誓ってみたりしたんっすよね。あんな状況、二度も起きるかっていうのに。中学生男子はバカだな。もちろん、牛乳も飲んで。でも、家で腕立て伏せやスクワットの自重トレーニングしているうちは、あまり効果は出なかった。当たり前だけど。

あせっていません。有羽ちゃんとは同じくらいの成績だったので、高校も一緒だと余裕かましてたくらいで。おまけに、多分行くだろうなって高校にウエイトリフティング部があって、全国大会出場の新聞記事なんかもよく見ていたから、そこからが本番だって思っていたし、実際、同じ高校に入学しました。

ベンチプレスの目標、有羽ちゃんの体重、だったんですけど、有羽ちゃん、どんどん大きくなっていって。多分、夏休み明けには、一〇〇キロ超えてたんじゃないかな。それでも走るの速かったから、高校から一緒になった連中に驚かれてました。

なんか、有羽ちゃんが褒められると、自分が褒められたみたいに嬉しくて。ただ、クラスが違ったから、話をするどころか、顔を合わせることもほとんどなくて、ちょっと寂しかったな。

二年生も別のクラスでした。がっかりしてるところに、有羽ちゃんがダンス部をやめた……、彼女、中高、ダンス部だったんです。で、そういう噂が流れて。先輩たちがウエイトリフティング部にスカウトしようって、同じ中学だった僕にちょっと訊いてみてもらえないかって言ってきたんです。

そりゃあ、まかせとけって感じっすよ。有羽ちゃんの方がいきなり重いバーベル持ち上げそうだなって、ちょっとしたためらいもあったけど、同じ部活になった方が、有羽ちゃんを持ち上げる機会もあるかもしれない、なんて。

だけど、断られました。膝を痛めたんだって。ダンス部をやめたのもそのせいだったみたいです。

さすがに太りすぎたかな、って。明るく言ってたけど、なんか無理してるのは伝わってきて。僕、とっさに、何したと思います？

正解！　まあ、想像できそうなことだけど、実行に移したことは、今でも夢だったんじゃないかって……。あの時ああしていればよかったっていう後悔が、記憶を書き直しているんじゃないかって。アニメの見すぎか。

僕は有羽ちゃんを抱え上げた。お姫様だっこです。そして、言いました。

なんだ、そんなに重くないじゃん、って。

有羽ちゃん……、どん引きでしたね。くるっとまわって飛び降りて、すごい速さで逃げていかれて。本当に膝を痛めてるのかってくらい。どんな顔をしていたのかわからないくらい。僕も呆然。

その後は、向こうが避けていたのか、こっちが避けていたのか。だから、有羽ちゃんが夏休み明けから不登校になっていることも知らなくて、有羽ちゃんが退学したって聞いた時にはもう、この町からもいなくなっていました。

唯一の救いは、噂で知った退学の理由です。イジメとか、心の病とか、そういったつらい事情じゃなくて、お父さんが帰国したから、もともと住んでいた東京のマンションに戻ったんだと聞きました。膝の手術を受けるのも、そっちの方がいいからって。

高校なんて、膝が治ってから通信制を受け直せばいいだけだし、大学とかでばったり会えたらいいなあ、っておめでたい想像して。

親に土下座して、東京の大学に進学したいって頼み込みました。インターハイで二位になったおかげで、東京の大学からスカウトされていたのも幸いして、けっこうあっさり許可してもらえたんですけどね。

それも、案外、先生のおかげかも。僕に会いに行ったついでに、先生にばったり会えるかもなんて、親父、期待していたりして。

そういう規模の街じゃないのに。でも、知らないと期待しちゃいますよね。で、案外、奇跡が起きたりもする。

僕は有羽ちゃんに会いました。

ニューヨークで人気のドーナツ店の東京一号店オープン日だったから、奇跡とまでは言えないかもしれないけど……、先生、どうしちゃったんですか。急に立ち上がったりして。

いつか？　入学して間もなく、四月の第三金曜日……、そういうことじゃないですよね、有羽ちゃんが亡くなる三カ月前です。落ち着いてください。ちゃんと話すんで。水、もらいますか？　僕はほしいです。

ホームシックだったのかな、グルテンフリーを始めていたのに、朝の情報番組で紹介されているのを見ると、むしょうにドーナツが食べたくなって。もちろん、有羽ちゃんのお母さんが作ったのとは違うけど、ちょうど午後からの講義も休講になっていたし、行ってみることにしたんです。

田舎の同級生に自慢したい気持ちもありました。

すごい行列でした。平日だからそれほど混んでないだろうなんて思ってた自分を、笑いたくなってしまうくらいに。まあ、ドローインでもしていればいいかなって。腹筋を鍛える運動っす。

息を吸って止めたその時に、目の前を有羽ちゃんっぽい子が通り過ぎていきました。っぽいっておかしいっすよね。でも、そう感じたんです。僕の記憶にある有羽ちゃんとは、ガラッと変わっていたから。一番大きなドーナツの箱を持っていなかったら、そのまま見送っていたかも。

あれだけドーナツを買っているのは有羽ちゃんだ。そう思って、名前を呼びました。間違えていたら謝ればいいだけだし。でも、やっぱり有羽ちゃんだった。

久しぶりとか、元気？　とか言えばいいのに、とっさに出た言葉は、何で学校を……、でした。

何で学校をやめる時、教えてくれなかったの。

僕はやっぱりずっとそのことを気にしていたんだろうな。でも、途中で言葉を切ったのは、明らかに今の状況を有羽ちゃんが歓迎していないことがわかったから。ものすごく困ったような顔をしてた。僕が抱え上げてしまったせいだと言われたらどうしようって、逃げ出したくなりました。そうしたら、有羽ちゃんが言ったんです。ものすごく小さい声で。

——先生が……。ううん、膝の手術があったから。

有羽ちゃんにちゃんと質問が伝わっていなかったんだな。どうして学校をやめたのかと、勘違いされたみたいです。そうじゃなくて、なんて言ってるヒマはありませんでした。有羽ちゃんはまた、走って逃げてしまったから。

そのあと、おかしいって気付いたんです。

先生が、って言わなかったか？　どういう意味だ？　って。

でも、深く考えないことにしました。もう過ぎたことなんだ。見た目ですら僕の知っている有羽ちゃんではなかった。もしかしたら、昔の知り合いになんか、誰にも会いたくないのかもしれない。

あの姿の有羽ちゃんを抱え上げたいとも思わなかった。

結局、ドーナツも買わずにアパートに帰って、せつない気分でプロテインドリンク飲みながら、有羽ちゃんへの思いも封印しました。

だけど、あの時、そんなかっこつけたことせずに、有羽ちゃんを追いかければよかった。僕の足なら追いつけた。抱え上げなくても、腕さえつかめば、今の僕なら振り払われても耐えることだってできた。

それで、気持ち悪がられるのを覚悟で、訊けばよかったんだ。

どうして、そんな悲しそうな顔をしているのか。先生が、ってどういうことなのか。僕に何かできることはないのか。

そして、有羽ちゃんが死にました。しかも、この町で。昔、住んでいた家で。

やっぱり何かできたんじゃないのか。

そんな後悔があるのに、僕は有羽ちゃんの死の真相について、マスコミの報道や同級生の噂以上のところに踏み込む勇気は持てなかった。

少しでも、自分に原因があったら……。

だから、先生が有羽ちゃんのことを知りたがっているって父親から聞いた時には、ちょっと怖くなりました。でも、全部話すと、なんか気持ちが軽くなったような。心地よく誘導されたのかな。先生って、美容外科医じゃなくて、精神科医の方が向いてるんじゃないっすか？

というか、先生も、先生か。なーんて。

有羽ちゃんの担任の名前？　中・高でいいっすか？　中一の時の希恵先生はお姉さんが父親と同級生らしいから、先生も知ってるんじゃないかな……。もし追加の質問があれば、父親通さずに、直接ＬＩＮＥしてください。

僕の名前？　星に夜で、せいやです。アニメの登場人物みたいでしょう？　背が低いことよりも、こっちの方がコンプレックスだった時期もあるくらいで。でも、父親の人生最高の景色だかが由来しているみたいだから。

まさか、先生に関係しているとか……、ないか。

第四章

道徳とか、倫理とか

お待たせ、サノちゃん。って呼んでもいいのかな。橘先生？　久乃さん？

サノちゃんでいいわけね。この呼び方、あたし発なの？　全然憶えてないんだけど、そうだっけ？

いさのちゃんとか、りさのちゃんとか、小さい頃のあたしは「ひ」が上手に発音できなくて、頭文字をごまかしながら「さの」を強調するように呼んでいたら、お姉ちゃんが「サノちゃん」の方が仲良しっぽいから自分もそう呼びたいって言い出した。そんな経緯があったんだ。

忙しいのにゴメン？　本当に忙しいから迷惑だよ。ところで、席、あっちの奥が空いたから移動しない？

うん、やっぱりこっちの方がいい。

まぶしい？　それもあるけど、サノちゃんと一緒にいるところを、知り合い、特に生徒の保護者に見られたくないんだよ。

なんで？　迷惑だからに決まってるでしょう。知り合いだって思われたくないの。サノちゃんのそういうところが苦手、昔から。

自分を嫌いな人なんていない。呼び出せばみんな喜んで出てくる。自分と知り合いであることを誇らしく思っている。自分と少しでも関わったことがある人は、きっと、そうでない人に自慢していることだろう。

そういう人がいるのは確か。しかも、割とたくさん。あと、サノちゃんの前でそういうふうにふるまう人がいるのも確か。でも、心の底から手放しでサノちゃんの活躍を喜んでいる人なんて、サノちゃんが想像してるほどにはいないよ、きっと。

イヤだな、そんな悲劇のヒロインみたいな顔しちゃって。呼び出したのはそっちだよ。貴重な日曜日の昼間だっていうのに。お姉ちゃんも、何、勝手にスマホの番号教えてるんだか。別世界に行っちゃってるのに、まだ、田舎の同級生と連絡取り合ってるの？

お姉ちゃんに会った？　信じられない。あの体型で昔の知り合い、しかもサノちゃんに会おうと思えたなんて。サノちゃんはお姉ちゃんに「ブタみたい」とか言ったの？　昔、あたしに言ってたみたいに。

意外。サノちゃんもちょっとはマシになってるんじゃん。ていうか、言えないよね。元ミス・ワールドビューティー日本代表で美容外科医の橘久乃先生にブタって言われた、なんてネット上に流されたら、どうなることか。炎上必至。

あたしも、サノちゃんみたいな有名人じゃないけど、中学の教師をやってるから、うっかりしたことを言えないもん。

四時間目の授業中にお弁当を食べてた男子生徒がいたんだわ。テニス部で、顔もかわいくて、陽気で、クラスの人気者。Ａくんと呼ぶね。机に教科書とワークブックを開いて立てて、バリアみたいなのを作っていても、教卓からは丸見えなの。だから、その子に向かって軽めに注意した。

意地汚いことしないの、って。

そうしたら、その子も「バレたか」って笑いながら頭かいて、弁当箱も片付けて。周りの子たちも「バレるに決まってるじゃん。においもしているのに」なんて笑って、和やかな感じで、その場は片付いたわけよ。

なのに放課後、その子の担任と学年主任に呼び出されて、何て言われたと思う?

授業中に皆の前で、Aくんに「汚い」と言ったそうですね。

昼休みに本人から悲痛な面持ちで訴えられたんだって。泣いていた、とも。

初めは、意味がわからなかった。少し考えて、あれのことだと思い出して、弁当をこそこそ食べていたから意地汚いと言ったんです、って弁明したんだけど、アウト。

意地汚いにせよ、汚いにせよ、今の子は「汚い」という言葉に過剰反応することはあなたもご存じでしょうし、それで「傷ついた」と訴えられては、たとえ相手が授業中に弁当を食べていたとしても、謝罪をしなければならない。

こんなバカなお裁きってある?

謝ったわよ。その日の放課後、Aくんの部活中に、学年主任と担任にテニスコートまで連れて行かれて。年配と若造の男二人に挟まれて、刑事に連行されてる気分だった。絶対に泣くもんか、って涙はこらえていたけど。

昔はすぐにピーピー泣いてたのに、成長したでしょう、あたしも。

Ａくんはまいったなというような顔で周囲を見回すと、イヤな笑い顔を一瞬だけ浮かべてこっちにやってきた。あの子の本当の顔。

事情？　性格悪いヤツがみんな、本人の意思とは無関係にそうならざるをえなかった環境に置かれているわけじゃない。そりゃあ、こういうタイプは問い詰められたら、親とか教師とか、気に入らない同級生を悪者に仕立てあげながら、小さなエピソードを一万倍くらいにして、自分は悪くないことを主張するんだろうけど。

そんな物語、聞く必要ある？　だからといって、ひん曲がった性格を直してあげようなんて思ったらダメ。子どもも大人も関係なく、関われば関わるほど相手を不幸に追い詰めていく人、しかも、それに喜びを感じる人って、結構な割合でいるんだから。

さっと終わらせた方がいいの。

――授業中に弁当を食べていたことに対して、意地汚いと言い、誠に申し訳ございませんでした！

テニスコートどころか、運動場中に響き渡る声で謝ってやった。テレビのバラエティ企画みたいに。

Ａくん？　ポカンとした顔になってた。多分、計画と違っていたんでしょうよ。あたしが泣きながら謝るのを、「聞こえません」とか言って何度も繰り返させながら、楽しむ予定だったんじゃない？　なのに、逆に自分がさらし者にされちゃったもんだから、ヘンな笑みを浮かべるしかないでしょう。

先生が反省してるなら別にもういいっす、だって。

反省しなきゃならないのはどっちだよ。

バカだね？　やめてよ、サノちゃん。「バカ」なんて言っちゃダメ。どこで誰が聞き耳を立てているかわからないんだから。

サノちゃんは遠めのカフェに呼び出したつもりでいるかもしれないけど、車社会の田舎じゃまだテリトリー内だよ。変装しているつもりかもしれないけど、そのスカーフ、ものすごく目立ってるし。取った方がいいって。

あたしが？　巻かないよ。ナチュラルファッションのサノちゃんに、あたしが張り切って会いに来ているみたいじゃない。バッグに入れときなって。

いらないよ、サノちゃんのお下がりなんか。ていうか、誰のお下がりも。世の中の妹はみんなそうだって。とにかく、今の世の中、起きた出来事や被害の大小よりも、失言した方が負けなの。

身内を殺された人が「犯人を殺してやりたい」って言ったら、その人が責められるような世の中なんだよ。知ってるでしょ、サノちゃんも。ニュース番組のコメンテーターとかしているくらいなんだから。

あたしの場合は、相手の失言で両成敗になったようなところはあるんだけど。

「意地汚い」って言ったことを謝ったのに、Aくん、これだってもっと別の呼び方してやりたいけどさ、サノちゃんがこのカフェ指定したもんだから、いろいろセーブしなきゃいけないんだよ。個室があるところにすればよかったのに。

黒糖ほうじ茶ラテが飲みたかった？　そんなもの、こんな田舎じゃ珍しくても、東京にいくらでもあるでしょう。

ああ、そう。ブームが去ったの。そりゃあ、こっちにまだ残っていて何より。あたしは黒糖だかほうじ茶だかのブームが起きていたことも知らなかったから、普通にコーヒー頼んじゃった。ひと言、すすめてくれてもよかったんじゃない。

追加注文？　しないよ。

黒糖だから大丈夫？　何が言いたいの？　別にあたしはダイエットしているから甘いものを避けているんじゃありません。コーヒーにミルクしか入れてないのも、単にその飲み方が好きだからそうしているだけ。

味見？　いや、もういいよ。今度この店に来た時に頼むから、黒糖ほうじ茶ラテの話はこれで終わりにしよう。

続きね。「意地汚い」って言ったことをこっちは謝ったけど、向こうの頭の中では、授業中に弁当食べてもオッケー、っていう解釈になってたみたい。本当に、バ……、常識の欠けたかわいそうなお子さま、なんだよ。

その言い方の方が失礼？　知らない。とにかく、また弁当を広げていたの。しかも、バリアもしないで堂々と。だから、今度は言葉を選びながら言ってやった。

──今は授業中です。弁当を食べる時間ではありません。ただ、どうしても今食べなければ健康に支障をきたすということなら、保健室に持って行って食べてください。

Aくんは逆切れよ。ボキャブラリーが貧弱だから、言葉で言い返せなくなったら、カッチーンってなっちゃうわけ。

まずは「はあ?」だよ。大きな声で凄《すご》むように。そんなの一ミリも怖くないっつうの。「はあ?」をその後二回続けても、こっちがひるまなければ、今度は脅し。

──おまえ、反省してねーの? 汚いって言われたこと、ネットで拡散してやってもいいんだけど。そうしたら、教師クビじゃね?

あたしはしばらく黙ってた。返す言葉がみつからなかったからじゃない。「バカじゃないの?」と喉元まで込み上げてきた怒りが、口から飛び出してしまわないように、必死で我慢していたの。

そういう時って、サノちゃん、どうしてる? よく、頭の中で数字を数えるっていうじゃん。お姉ちゃんなんか少し変わっていて、シューベルトの「魔王」が頭の中で流れるんだって。中学の音楽の授業で一度聴いただけなのに、そういう時になると、ダダダ、ダダダ、って三連符の前奏が流れてくるらしいよ。

そう、そう。おとーさん、おとーさん、っていう日本語の方。へえ、サノちゃんも歌えるんだ。同級生だもんね。あたしも聴いたような気はするけど、あまり印象に残ってなくて。サノちゃんたちの学年、余程、大音量で聴かされたんだね。とにかく、お姉ちゃんはそれを頭の中で最後まで再生すると、大抵のことは我慢できるっていうか、その場を穏便にやり過ごすことができるみたい。で、サノちゃんは？

思い当たらない？「魔王」も流れない。そうだよね。サノちゃんは意地悪なことをされたり言われたりすること、人生においてあまりなかっただろうし、あっても、その場でバシッと言い返して、それで状況が悪くなったら、眉をふるふるさせて、上手に涙なんか流しながら、わたしってかわいそうって顔してりゃ、周りがみんな味方になってくれるんだから。

何を根拠に？　あたしに子ブタって言って、周りに注意されると、いつもそうしてたじゃん。

あの時はごめんなさい？　いらないよ、そんな時空を超えたお詫《わ》び。あの時、申し訳ないって思っていた気持ちがどこかの星を経由して今届いたんじゃなくて、今、あたしに責められて、しかも、自分の方に用事があるから、なんとなく謝ってみただけでしょう。

いらない、いらない、そんなごめんなさい。絶対に受け取らないからね。

希恵ちゃんの我慢の仕方？　速攻の話題替え、あたしの知ってるサノちゃんで、ある意味懐かしいわ。うん、会ってよかった。人間、そんな簡単に変わるもんじゃない、って証明してくれてるようなもんだからね。

あたしは宮沢賢治の「雨ニモマケズ」を頭の中で暗唱するの。大まかなタイプで分ければ、お姉ちゃんと一緒ってこと。

そうだよ、あたしの担当教科は国語。だけど、教師になる前から、心を落ち着けたい時は

思う。「雨ニモマケズ」が頭の中でグルグル回ってた。多分、高校の時に暗唱させられたからだと

サノちゃん、してないの？

授業ではやったけど、暗唱はしてないわけね。じゃあ、教師の趣味の問題だ。あたしも自分の授業で、徒然草の序文を生徒たちに暗記させてた時期があったけど、それが苦痛だとか、押しつけだとか、要求を受け入れない自由？　だとか、生徒や保護者からクレームが入るようになって、とっととやめた。

脳に短時間でたくさんの情報を刻みこめるのなんて十代のうちくらいなのに、つるんつるんのまま大人になっちゃったら、いざという時、何が自分を助けてくれるんだろう。

なんかさ、教師になって一六年だけど、毎年少しずつ慣れてくるかと思えばそうではなくて、むしろ、年々、生徒たちと会話が成り立たなくなってるなって感じるんだ。他の先生に相談したら、生徒たちと年の差が開いていくから当然だ、なんて、たいしたことないように言われたけど、本当にそれだけの理由なのかな。

サノちゃんのお客、患者っていうの？　にも、十代の子っているんじゃないの？　そういうこと感じない？　まあ、さすがに中学生はそこまでいないと思うけど。

感じる？　どんなふうに？

個性を与えてもらいに来ている、ように見える？　わかる、それ。

集団から逸脱したり、目立って攻撃されたりするのが怖くて、声の大きな人や多数決で意

見の多い方に迎合するくせに、胸の内では、自分らしさや自分だけに向けられた賞賛や評価を求めてるんだよね。

褒めてほしかったり、何かに突出したかったりするのは、あたしたちが子どもの頃と同じかもしれない。でも、あたしたちの頃は、多くの子がもっとガツガツと自分でアピールしていたよね。

朝、一人で学校のグラウンドを走っていたり、休憩時間に好きな作家の本を読みふけっていたり、先生の物まねをやたらと上手にやってみたり。バンド組んだり、文化祭や遠足のバスといった人前で歌ってみたり。筆箱や下敷きに、好きなアイドルやスポーツ選手のステッカー貼ってみたり。

サノちゃんなんてさ、小学生のくせに髪形がくずれるからって、黄色い安全帽、いつも首からかけてたし。それも、立派な個性じゃない。

だから、昔の同級生って、そんなに仲良くなくても、同じクラスになったことがある子なら、〇〇が好きだった子、〇〇が得意だった子、って思い出せるじゃない？　あと、普通に、足が速かった子とか、頭がよかった子とかも。

でも、今の子たちってそれがわかりにくいの。本人がアピールしないし、学校というか世の中が、競うことを良しとしないし、順位なんかも公表しちゃいけないから。

歌うことだって、合唱ならヨシ、だけど、独唱はナシ、とかさ。

なのに、教師は、生徒一人一人の個性を見極めてそれを伸ばす補佐なんて、要求されるんだよ。

アピールはしない。人と比べないでほしい。だけど、個性に気付いてほしい。

どうすればいいんだ、って話。結局、学校だけじゃなく、世の中全般的に、アピールしなくてもわかることで人を判断するようになるわけよ。

そう、見た目。美人かブスか。ハンサムかブサイクか。背が高いかチビか。痩せてるか太ってるか。

見たまんまが個性になるならまだしも、一重瞼は愛想が悪いとか、ブスは性格が悪いとか、まあ、これは逆もあるかもしれないけど、見た目で性格まで決め付けられることがあるでしょう?

そりゃあ、二重にしてくださいって、サノちゃんみたいな商売が繁盛するようになるわ、ってこと。

だから、個性を与えてもらいに来ているように見える、っていうサノちゃんの意見には、激しく賛成する。ひと言で表すならこういうことか、って目から鱗《うろこ》の気分だよ。もしかして、サノちゃんの意見に心から共感できたのって、生まれて初めてかもしれない。

夕方のニュースはほとんど見る時間がないんだけど、夜中にやってる討論番組? あれはテーマが教育関係の回は録画して見るようにしてるんだ。あれって、現役教師とか教育評論家とか元文部科学省の役人とか、有名進学塾のカリスマ講師とか、フリースクールの経営者とか、教育関係の人ばかりなのに、どうしてそこによく、サノちゃんが交じってるの?

校則の回でゲストに呼ばれた時の反響がよかったから？　あの、「二重瞼になることで前向きな気持ちで学校に通えるなら、校則で禁止するべきじゃない」とか言ってた回ね。「視力の悪い生徒が眼科に行くことを禁止するのか」って。

あれ、あの後すぐＣＭ入って、あけたら、別の校則に変わったじゃない？　だから、サノちゃんがいいこと言って締めた、みたいな雰囲気になってたけど、「視力が悪い」を美容整形の場合に置き換えると、「見た目が悪い」ってことだよね。それって、同等に扱ってもいいことなの？

視力が悪いことは、日常生活に支障が出るけど、見た目が悪いことは、どんな支障が生じるの？　仮に、人間関係の形成に支障をきたすといった問題があるとして、それを改善しなきゃならないのは、見た目が悪い人の方なの？

確かに、人を見た目で判断するのはやめましょう、なんて道徳教育を何十年、何百年、と続けても、価値観なんてそうそう変わるもんじゃない。変化があるとしたら、美人とかハンサムの定義くらい。ああ、ハンサムって言わないんだよね。イケメン？　じゃあ、美男美女に対する呼び方も変わる。でも、ブサイクの定義なんて、いつの時代も同じようなもんでしょう？

世の中は変わらない。人生、ましてや人格形成や人間関係の確立に多大な影響を及ぼす学生の期間など限られている。なら、てっとり早く整形しちゃった方がいい。

この流れは正しいの？　それでもまだ、視力が悪い人と同じだと考える？

いや、答えなくてもいいや。バリアフリーの話を持ち出されたら、論点が変わってしまうから。サノちゃん、話題を自分の得意分野に持っていくの上手だしさ。

ま、こんな感じで、サノちゃんの意見には毎回、テレビの前で反発してるわけよ。もちろん、ネットに書いたりはしないけど。

新任の先生がツイッターで生徒の悪口を書いてたのがみつかって、クビになっちゃうような時代だからね。

絶対バレないとしたら何て書くか？　うーん……。

徒競走を禁止しろ、成績上位者を公表するな、学芸会は全員主役にしろ、とクレームつけるヤツは、「子どもは全員、頭巾をかぶって、体のラインのわからない服を着て、学校生活を送らせろ！」なんて提案もしてみやがれ。

とか？

授業中に弁当食べてた子についてじゃないのか？　あのバカはもういいの。あっ、バカって言っちゃった。もう、いいか。告げ口されたら、サノちゃんとオランウータンの話をしていました、って答えよう。ボルネオ島だっけ？　そこでの保護活動にも関わっていたよね。それは別の人？　あの、モデルの。じゃあ、その人と勘違いしてたってことにするよ。実際、そうだし。

脱線しすぎて、元のレールがわからない。授業中にまた弁当食べられて、今度は慎重に注意したら逆切れされて、そうそう、あたし黙っていたんだ。よし、巻き戻し完了。

相手が黙りこくったら、勝手に勝利宣言する人がいるでしょう。バ、いや、その子、Aくんだった、も、あたしをねじ伏せたと勘違いしたみたい。で、ゆるゆるになった頭と口から出たのが、この最低な言葉。

——ざまあ、デブ！

——汚いに謝罪を求めるなら、デブにも謝ってくれるんでしょうね。

あたしは冷静に、そう言った。デブ歴何年だと思ってるの？　そう簡単にはキレないよ。そうしたらさ、ゆるゆるになったままなのか、出るわ出るわの逆切れ反論。

——はあ？　俺は汚くないのに汚いって言われたんだよ。おまえがデブなのは事実だろうが。本当のこと言って何が悪いんだよ。謝れ？　言論弾圧か。今度こそ、ネットに流してやるからな。土下座されても容赦しねえし！

ボキャ貧に限って、「言論弾圧」とか極論的な単語だけは知ってるし、持ち駒少ないからすぐに使っちゃうんだよね。あと、「裁判」とかも。

同僚の女の先生で、ストレスが原因で右耳の横の辺りに十円ハゲができちゃった人がいるのね。あたしはお腹《なか》が痛くなるタイプだって言うと、ストレスの症状は一人一つとは限らなくて、むしろ、段階的にほとんどの人が同じ症状を踏んでいくもので、腹痛はまだ初期段階だって忠告されたことがあるの。

その時はその時で悩んでいたこともあったから、いや、あたしは大丈夫でしょう、って思ってたけど、ついに、はげるな、って確信した。はげるくらいならクビになった方がいいな、とか。ハゲもできるしクビにもなるのは最悪だな、とか。

もう、宮沢賢治は出てこない。思考は暴走。

そもそも、あたし、何でこんなバカばかりのところでがんばって働いてるわけ？　お姉ちゃんは長女のくせに東京に出て行くとか、何考えてんの？　いっそ、ここで倒れてしまえたらどうにか収まりそうなのに、あたしって案外丈夫にできてるんだな。そうか、子どもの頃から小食なのに太ってたのは、こういう未来を体が予測していたからかもしれない。

あたしが反論しないもんだから、相手はさらに調子づく。

——何とか言ってみろよ、デブ。ブヒ、ブヒ、とかさ。

もう、誰が笑ってて、誰がそれは言い過ぎだろって顔してたのかもわからない。目の前が真っ白になった。

そうしたら、救世主が現れたの。

はい、そこまで。そう言って入ってきてくれたのは、野球部の顧問をしている、社会の先生。教科も担当している学年も違うから、あまり話したことがない人だったけど、テニスコートであたしが謝らされているのを見て、気にかけてくれてたんだって。

Aくんの反応？　人気者のさわやかイケメン先生には何も言い返せず。ちょっとふざけただけで、とか言いながらヘンな笑みを浮かべちゃったりしてさ。もう、男女差別なのか見た目差別なのかもわからない。

クラスの子たち、特に女子も、「わたしも酷いと思ってた」とか言って、イケメン先生に加勢し出して。それならもっと早く助けてくれよって思わない？

イケメン先生も来るのが遅かった？　それは、本人からもあとで謝られたけど、言い逃れできない状況になるまで、申し訳ないと思いながらも廊下で待っていたんだって。でも、あたしは助けてもらえただけで嬉しかったし、そのうえねえ……。

もしかして、結婚相手？　もしかしなくても、そう。お姉ちゃん、あたしの結婚のことまで話したんだ。意地汚い騒動、ってあたしと彼は呼んでいるんだけど、これも、ついこのあいだのことみたいに語っちゃったけど、去年の出来事なんだ。

あたしから告白したんじゃないからね。様子を見に来てくれていたのも、前からあたしのことがいいなって気になってたからなんだって。

わかる、サノちゃんが思ってることは。その目に全部表れてる。だから、言わないで。サノちゃんに言われると、本当に傷つくから、自分で言う。

なんで、そんなイケメンがあたしを？　でしょ。おまけに、あたしの方が三つ年上だし。職場内に、もっと若くてかわいい先生だっているのに。生徒たちがコソコソそう言ってるのも、何回も聞こえてきた。もしかしたら、コソコソじゃなくて、堂々と、あたしに聞こえるように言ってたのかもしれない。

あたしだって、もし我が家にそこそこの財産があったら、絶対に騙されてるって疑って彼と距離をおくところだった。実際、父親に確認したもん。あたしやお姉ちゃんに内緒にしている財産があるんじゃないの？　って。

だから、ないって。サノちゃん家《ち》じゃないんだから。いっそ、ないって言われた方が清々《すがすが》しかったのに、五〇万のへそくりがあることを打ち明けられて、母さんには黙っておいてほしい、なんて両手を合わされたもんだから、切なくなっちゃったくらい。

それでも、彼を信じられなくて、あたしのどこがいいのか思い切って訊いたの。

さて、どこでしょう？

……サノちゃん？ ……サノちゃん？ 何、真剣に黙り込んでるの？

「魔王」が流れ出した？ ホント、そういうところ失礼だよね、サノちゃんは。適当に何か言えばいいじゃない。素朴とか、癒し系とか、一緒にいるとラクだとか。

そう言われたんだってば！

それで、……たし、かわいくなったんだ？ ゴメン、よく聞き取れなかったんだけど。痩せたし、って言ってくれたのかな。

当たり？ ここはもうクイズじゃないし。サノちゃんと前に会ったのはいつだったかさえ忘れちゃったけど、彼氏ができてとか、結婚が決まってとかで痩せたわけじゃない。さっきも言ったけど、あたしの教師生活は腹痛との闘いみたいなものだったの。今更言うのもなんだけど、向いていないんだと思う。子どもの頃なんて、人前で話すのが苦手で、授業中に本読みするのも精一杯だったくらいなのに。

どうしてなったのか、って？ 家から、出るためかな。そういうハードルは普通、上のきょうだいの方が高いはずなのに、我が家は、お姉ちゃんが東京に進学したと同時に、地元に戻らない宣言をしちゃったから、あたしの番になると親が警戒するようになったのよ。進学したい理由をきちんと伝えなければ許可してもらえない状況になって、教師になりたいから、って言っちゃったんだよね。

他に、あたしでもできそうな、四年制大学を卒業しなければ就けない職業を思いつかなかったから。中学の教員は短大卒でもいけるんだけどね。それについては、あたしも親も知らなかったから、ちょうどよかった。

お姉ちゃんみたいに逃げるなんて、あたしには無理だよ。おばあちゃんも弱ってきてるのにさ。一度ね、お姉ちゃんに「裏切り者」って言ってやったことがあるんだ。なのに、あの人ったら、「地元で就職するなんて言ったこと、一度もない」って開き直るの。他にも「あんたはばあさんにかわいがられたんだから、面倒見てあげるのも苦じゃないでしょ」とか。

何か、姉妹で記憶が摺《す》り合わないところがあるんだよね。あたしばかりえこひいきされてたようには思わないんだけど。あの人は昔からとんがり過ぎなんだよ。それをおばあちゃんから咎《とが》められると、デブがヤキモチやいてる、って開き直るの。

家庭内体格差別だよ。多少のえこひいきがあったとしても、あたしが太ってたこととは関係なかったと思う。

でも、これでよかったんだって、今なら何にでもそう思える。

――。

サノちゃん、今、誰の名前を出した？

吉良有羽さんのことを訊くために、あたしを呼び出したの？　学校のことで訊きたいことがあるって、メールに書いてあったよね。

あたし、てっきり、来年の創立八〇周年記念の講演会のことだと思ってたのに。生徒と保護者に「講演会に来てほしい卒業生」のアンケートをしたら、八割方の人がサノちゃんの名前を書いていたことは、このあいだの会議で知らされてたから。

それに、お姉ちゃんが……。

たいしたことじゃないよ。サノちゃんがこっちに帰ってるあいだに、サノちゃんの実家が経営している美容サロンでブライダルエステを申し込んだら、サノちゃんがやってくれるかもよ、なんて言ってたから、もしかすると、お姉ちゃんがすでに頼んでくれているんじゃないかとか……、ちょっとでもそんな期待をしたあたしがバカだった。

別にいいんだけどね。ブライダルエステは、披露宴をやるホテルの美容サロンで三回分無料で受けられることになってるし。あたしは整形してほしいわけじゃないんだから、そっちの方が信頼できるよ。

もう帰ってもいい？

お願いだから話を聞いてくれ、なんて。頭下げられてもさ、それ、いつもの作戦じゃん。

じゃあ、こっちも頭下げるよ。お願いだから、あたしがどんな気持ちか想像してみてほしい。

あたしは熱い志を持って教師になったわけじゃない。太っていることもからかわれる要因の一つではあるけれど、多分、そういうところを生徒に見抜かれていたから、バカにつっかかられることも、他の先生たちより多かったんだと思う。

でも、あたしなりにがんばって子どもたちに向き合ってきたんだよ。さっきの痩せた話の続きになるけど、あたし、大学卒業した時は八〇キロだったの。それが今じゃ、六〇キロまで落ちて。一五年あまりで二〇キロ減るまでには、いろいろなことがあったんだから。

何、眉寄せちゃったりして。六〇キロがおかしい？　そりゃあ、サノちゃんから見れば、六〇キロもデブなんだろうけど。お姉ちゃんに会ったのなら、三〇歳過ぎても痩せ続けること自体が、あたしの毎日がハードなことを証明していると思わない？

警察に呼び出されたこともあるし、家出した子を飛行機に乗って大阪まで迎えに行ったこともある。イジメの問題もあった。保護者からの理不尽なクレームだって、しょっちゅうあったし、裁判ちらつかされたことに校長がひよって、悪くもないのに保護者と生徒の前で土下座させられたこともある。

教室でナイフを振り回した子を、防犯用のさすまたで壁に押さえつけたんだよ。そうしたら、こっちは暴力教師で、あっちが持ってたナイフは鉛筆削りってことになってんの。

泣いて、泣いて、そのうち涙も涸《か》れ果てた。

でも、教師になって一番つらかったことは何かと問われれば、あたしはそんな時のことなんて思い出しもしない。

吉良有羽が死んだこと。

自分より若い人が死ぬことが、あんなに悲しいだなんて、そうなってみるまでわかんなかった。うちの学校には年に数回、命についての特別授業の日ってのがあって、外部から心理カウンセラーの先生をお招きして講演をしてもらったり、その後、各クラスで話し合いをする中で、あたし自身も自分の意見を言ったりしてきて、死や命の重さとちゃんと向き合っていたつもりでいたのに。

有羽さんが死んだっていう事実を、正面から受け止められないの。もしかして、病気や事故だったら、向き合えていたかもしれない。だけど、自殺って。

そりゃあ、中学を卒業して三年ちょっと経ってたけど、もしかしたら、中学の時のことで見落としがあったのかもしれない、なんて考えることもあるし。

でも、どんなに思い返しても、彼女に関しては楽しいことしか浮かんでこない。そんな自分が情けないし、有羽さんがいないってことがやっぱり悲しくて、あの子の自殺の話なんて、軽々しくしたくないんだよ。

そもそも、サノちゃんに話す理由なんてないじゃん。

会ったことあるの？　知り合い？　まあ、サノちゃんもこの町の出身で、実家もあるし、親しい間柄だったならゴメン。

自殺のことじゃなくて、普通の思い出話でいいの？　じゃあ、あの話かな。

その前に、あたし、黒糖ほうじ茶ラテ、追加するわ。サノちゃんも同じの頼む？

じゃあ、注文するね。

……何？　ボソッと何か言ったよね。やっぱ、別のにする？　抹茶ラテとか。

如月アミ？　ああ、アミさんね。ドラマにちょこちょこ出るようになったけど、サノちゃん、あの子がこの町出身だってこと知ってるんだ。ていうか、今、バチッと繋がった。あの子、最近、顔変わったよね。鼻をいじったんじゃないかと思うんだけど、それやったの、サノちゃんじゃない？

違う？　きつい感じの顔をどんくさそうな鼻がフォローしてたのに、なんて、どうでもいいか。

嫌いだったのか？　ストレートにそんなふうに訊かれちゃ、教師失格だね。でも、サノちゃんの前で取り繕っても仕方ないから、正直に答えると、大嫌いだった。

そうだ、ちょうど話そうと思っていた有羽さんとのエピソードに、アミさんも重要人物として出てくるから、サノちゃんに細かい説明をする手間が省けたよ。Bさん、とも呼ばなくてよくなったし。

二人の担任をしていたのは、一年生の時で、二年生では、有羽さんは別のクラスで、アミさんがあたしのクラスだった。それで、文化祭でのことなんだけど……。

ミスコン？　ああ、そのコーナーもあるけど、あたしが話したいのは、そこじゃない。てか、やっぱ、サノちゃん、アミさんに会ってるでしょ。あたしたちの頃、そのイベントなかったもん。それとも、サノちゃんの頃にはあったの？

なかったよね。お姉ちゃんからその話は聞いたことないもん。いや、自分が入賞するとかじゃなくて、どうせ三年連続サノちゃんが選ばれるに決まってるんだから、やる意味ないじゃん的なグチが出ているはずなんだよね。

まあ、医者には守秘義務あるもんね。そうだ、サノちゃん、教師にも守秘義務はあるんだよ。だから、内緒の話はしないからね。あとで、期待していたのと違うとか、文句言わないでよ。

文化祭、ミスコンはなかったけど、劇はあったでしょう?

そうそう、二年生がクラスごとに発表する、あれ。一クラス二〇分。一日目の一年の合唱と、二日目の二年の劇が文化祭のメインイベントみたいなもんじゃない。サノちゃんはお姫さま役でもやった?

照明係? へえ、意外。演目は?

あったね、そのドラマ。旦那が超マザコンの。その頃の中学生なのか、って歳がバレちゃうよ。サノちゃんなら、主役のかわいそうな奥さん役に選ばれそうなのに。

マザコン旦那が担任の男の先生で、姑《しゅうとめ》も奥さんも、クラスの人気者の男子がやったのね。だいたい、そうなるよね。女装は必須。ウケること第一だもん。あたしの時もそうだった。あたしは脚本係に任命されたの。

また、そんな意外そうな顔して。もっと地味な役割をさせられてたと思った? 確かに、昔は口下手で、サノちゃんやお姉ちゃんにいつも言い負かされてたけど。かわいい子が口下手だと、ただのおとなしいかわいい子で、逆にモテたりするのに、デブの口下手は根暗認定されちゃうんだよね。今の子は、根暗じゃなくて陰《いん》キャって呼ぶみたい。

あたしはとりあえず、根暗認定はイヤで、がんばっておもしろいことを言ってみる努力はしていたの。あと、読書感想文や作文でちょくちょく賞をもらっていたから、選ばれたんじゃないかと思う。

人気の刑事ドラマのパロディで、かっこいい刑事二人は女子がやって、髪の長い美人刑事を担任の男の先生がやった。そういうのをおもしろがる先生もいるけど、担任は真面目なタイプで、だから慣れないことを必死でやっている姿がウケたんだけど、今となっては、ごめんなさい、って気分だよ。

やっぱ、人間、自分が同じ立場になんなきゃ、わからないもんだね。

アミさんを受け持った年の、うちのクラスの出し物は「美男と野獣?」だった。最後、ハテナ付きね。

そう、「美女と野獣」のパロディだよ。アミさんと取り巻き隊がプロデュースした、配役も裏方の係も全部、その子たちっていうか、アミさんが決めた、アミ劇場よ。もちろん、あたしも出演させられた。担任が出なきゃいけない決まりなんてないし、実際、出てない年もあったし。あんな役、断ればよかった。

正解。あたしの役は野獣。ハテナ付きのね。いっそ、普通に野獣の役をやりたかったよ。

アミさんは美男? ではないの。美男役は華奢な男の子。アミさんの役は、美食のお姫さま。だんだんわかってきた？　あらすじはこう。

昔あるところに、美食のお姫さまがいました。山の中のお姫さまのお城では毎晩、世界中のおいしいものを集めたパーティーが行われていました。

ある晩、老婆がやってきました。老婆はお腹がすいているので、あまりものでもいいから何か恵んでほしいとお姫さまに頼みました。しかし、欲張りなお姫さまは、「あなたのような人に食べ物を恵むくらいなら、自分が全部食べた方がいい」と断ります。それに怒った老婆は、「ならば本当に全部食べた姿になっておしまい」とお姫さまに魔法をかけたのです。お姫さまの姿はみるみるうちにブタのようになってしまいました。

それが、あたし。服はサイズ違いのアミさんと同じドレス。かぶりもの、メイク、いっさいナシ。最初のセリフは「まあ、どうしましょう。こんなブタみたいな姿になってしまっては、生きていけないわ」だった。

あれ、サノちゃん、笑わないの？　好きそうなネタじゃん。

度が過ぎる？　サノちゃんに言われても説得力ないけど、そうだよね。

注意しなかったのか？　台本読んだ時は腹が立ったけど、文化祭でのパロディでいちいち怒るのもね……。もちろん、他の生徒に対しても失礼な台詞とか設定があったら、ちゃんと注意していたよ。でも、そういう描写はなかったから、まあいっかと思って。自分たちの時も、教師になって赴任してからも、先生たち、普通にハゲやチビもネタにしていたし。大人げないかな、って。

話の続き？　魔女が置いていった黄色いバラの花びらが全部落ちるまでに一〇キロ痩せなければ、あとはどれだけ努力しても一生太ったまま、っていう設定。

お城の召使いたちはブタにされていて、お姫さまが痩せないと、一生ブタのまま。ここで、ブタ役の子たちがみんな太っている子だったら、注意していたはずだけど、逆なの。痩せてる、ブタ耳のカチューシャとブタ鼻のマスクをつけてもかわいく見える、男女ともに人気のある子たち。困ったブー、お姫さまがんばってブー、とか言うと歓声が上がるような。でも、お姫さまは開き直って食べているばかり。

ある日、そこに、道に迷った美男がやってきた。実は彼はダンサーで、彼に恋したお姫さまは、召使いたちにも協力してもらってダンスの特訓をすることになるの。

マイケル・ジャクソン？　古いよ、サノちゃん。日本のアーティストだって、キレッキレのダンスしているグループ、いっぱいあるじゃん。しかも、最近の子たちはちょっと練習しただけで、すぐに踊れるようになるんだよ。

まあ、あたしが上手に踊ることは求められていなかったみたい。アミさんに「先生は適当にしてくれてたらいいから」って言われた。そっちの方がウケただろうし。でも、そこはちゃんとしたかった。一カ所くらいかっこいい場面があってもいいんじゃないかと思って、隠れて練習することにしたの。

あと、これは本当に大人げないというか、教師の考え方としては失格かもしれないけど、アミさんはダンスが苦手だったのよ。アミさんはクラスの人気者がそろった召使い役の方が似合いそうだけど、あえてお姫さま役を選んだのは、それがバレないようにするためだったはず。まあ、顔にも自信があったんだろうけど。

だから、見返してやりたいとも思ったの。

まさか、家では練習しないよ。サノちゃん、中学の時、屋上に上がったことある？　あたしは教師になって、見回りで初めて上がったんだけど、階段の各階の踊り場に姿見が設置されているでしょう？　端の方に白いペンキみたいなので、「身なりを整えよ」って書いてある古いやつ。あれが、屋上のドアの横にもあるの。

屋上って閉め切られてるから、誰も上がってこないし、むしろ上がってるところを誰かに見られたら、イジメや喫煙を疑われるから、基本、誰も近寄らないんだよね。放課後はそう言い切れないけど、朝から来るもの好きはいない。絶好の練習場所だと思ったの。

でも、二日目にして来客があった。それが、吉良有羽さん。

ダンスの練習という、目的まで同じだった。ダンス部の練習だけでは物足りないからって、随分前からそうしていたみたい。

しかも彼女、あたしが踊っているのをしばらく眺めていた、なんて言うの。まったく気付かなかった。「わたしもできるから一緒に踊ろう」って言われて、断らなかったのは、有羽さんならあたしがどんなにみっともないダンスをしても、笑ったり、他の子に言いふらしたりしないだろうなって、信用できたから。

携帯電話の小さな画面を見ながら踊るよりも、有羽さんと向き合ってやる方が、上手に踊れたような気がした。しかも、彼女、あたしにお手本を見せるために、左右逆の動きでやってくれたり、アドバイスしてくれたり、三日も付き合ってくれたの。

もちろん、教室でクラスの子たちと合わせる時は、できないフリをしていた。

そして、本番当日……。

どうだったか？　ウケたよ。大爆笑。優勝したし、ＭＶＰももらった。

あたしの気持ち？　ああ、それはもうズタボロよ。文字を目で読むのと、声に出して読むのとでは、ぜんぜん違う。自分で自分を罵《ののし》ってヘラヘラ笑ってる、悲しくて、どうしようもなくミジメな気分。

ダンス？　ちゃんと踊れたとは思うけど、ほとんど記憶にないの。劇の中盤あたりから頭が真っ白になって、立っているだけで精いっぱいで、最後、暗転した中でアミさんと入れ替わって、舞台袖にはけたと同時に吐き気が込み上げてきて、職員トイレに駆け込んだ。

ううん、吐いてない。おえってなるだけ。かわりに涙がぼろぼろこぼれてきた。

トイレから出て、洗面所で顔を見ると目が真っ赤に腫れていて、これじゃ体育館に戻れないし、職員室も待機の先生が何人かいるから入れなくて、こういう時、美術や家庭科なら専用の教室があっていいのになって思うんだけど、とりあえず、屋上前の踊り場に行くことにしたの。

すぐに後悔した。全身が映る鏡にぺらぺらのドレスを着た不恰好な自分の姿が映っているんだから。逃げ出そうとした。でも、そこに救世主がやってきたの。

彼氏？　じゃない。その時はまだ、うちの学校にいなかったから。

吉良有羽さん。

これ、一緒に食べよう。そう言って、ビニル袋に入ったドーナツを差し出してくれた。二つ入り。文化祭のバザー用に係の生徒たちが作ったものだってことは知ってた。すごく評判がよくて、完売したことも。

「だから、「せっかく買ったのにいいの？」って訊ねたんだ。そうしたら、「先生知らないの？　これ、わたしのお母さんのレシピで作ったんだよ」って、有羽さん、誇らしそうだったな。遠慮なくいただくことにした。

冷めているのに、歯ごたえがサクッとして、でも、中はフワフワで、おいしかった。人生で一番おいしいドーナツだった。一口食べるごとに、肩の力が抜けて、頭の中がほぐれていくようだった。

で、思い出したの。文化祭、まだ終わってないよね、って。もちろん、有羽さんに言った。そうしたら、「ミスコンの結果発表なんて、わたしに関係ないもん」って笑ってた。でも、いろいろな部門があるから、有羽さんならどれかに選ばれているんじゃないかと思った。ダンス部門とかなかったっけ？　って訊ねたの。そうしたら有羽さん、こう答えた。

――多分、なかったと思う。でも、あったら、先生が選ばれるんじゃない？　カッコよかったもん。大歓声だったし、わたしの周りの子たちなんか、男子も女子も、すごい、って叫んでたよ。

有羽さんは、それをわざわざ言いに来てくれたんだなと思った。その続きも。有羽さん、自分のドーナツはまだ食べていなくて、真ん中の丸い穴の中をのぞくようにしながら言ったの。

――先生、わたしは太ってることって、幸せなことだと思ってるよ。……なーんてね。

それから、ドーナツを三口で食べて、立ち上がった。

――やっぱ、スポーツ万能な人とかで選ばれてるかもしれないから、戻るね。

あたしは手を振って見送った。ありがとう、とか言ってない。有羽さんはそれを求めていないと思ったから。

――料理上手な人、じゃない?

――かもね。

ニッて笑ったかと思うと、すごい速さで階段を駆け下りて行った。結局、「イケメン女子」で一位になっていたのかな。ヘンな項目だけど、有羽さんがいないってザワザワなっているところに、走って登場してバク転までしたらしいから、まあ、嫌味じゃなく、本当にかっこいいイケメン女子として選ばれたんだろうね。

あたしにとっても救世主、特別な子だったよ。あの子みたいになりたいって思った。年下の子、しかも、生徒に対して、憧れと尊敬の気持ちを抱いたのは、どちらも初めて。

はい、終了。これ以上、有羽さんのことは何も話さないからね。

おいしいドーナツを作るお母さん？　サノちゃん、やっぱりマスコミの取材でも受ける予定なんじゃないの？　サノちゃんがあっちの味方だとしたら、あたしはサノちゃんを本気でぶん殴る。それで教師をクビになっても平気。

あいつら、嘘しか書かないんだから。こっちがどんなに丁寧に心を込めて話しても、自分たちの求めるストーリーに沿わなきゃ、全部ムシ。それどころか、こういう解釈もできますよね、って正反対のこと言ってくるんだから。ちがいます、ってちゃんと答えたのに、何かを隠すように否定した、なんて書かれたし。

あいつらの書く記事なんて、ウケ狙い。文化祭のパロディ以下だよ。

さあ、どうなの、サノちゃん。はっきり言って。

マスコミは関係ない？　同級生？　……もしかして、横綱さん？　そういうことか。マスコミの件でゴタゴタしてる時に、お姉ちゃんから電話がかかってきたんだよ。

――あんた、横綱さんの娘の担任していたんだって？　横綱さんにも会ったことあるの？

何の話がしたいのかわけわかんないし、こっちはそれどころじゃなかったから、会ったことあるかもしれないけど憶えてない、って適当に答えて切ったんだよね。

有羽さんのお母さんのことだったんだ。そりゃあ、あのタイミングで電話かけてきてもおかしくないわ。あと、サノちゃんにあたしの連絡先教えたのも、エステがどうこう言って積極的にあたしとサノちゃんを会わせようとしていたことも、全部繋がった。

子どもの頃の横綱さんのことはうっすら憶えてる。話したことはないけど、どんな見た目の人かってことくらいは。お姉ちゃんに、「横綱さんが横綱なら、希恵は小結」とか言って、よくからかわれてたし。

そうか、あんたたちの同級生か。どうせ、サノちゃんがデブとかブタって言い出して、お姉ちゃんが調子に乗ってからかって、気が付けば、お姉ちゃんが一番の悪者みたいになってたんじゃないの？

電話で訊かれた時、本当に気付かなかったのか？　都合の悪いこと訊かれたからって、別の質問で返さないでよ。気付くわけないじゃん。有羽さんのお母さん、吉良さんとは片手で数えられるくらいしか会ってないけど、全然イメージ違うんだから。

横網さんは根暗で陰気で地味なデブっていう印象だったけど、吉良さんは朗らかでおしゃれで、優しそうで、おまけにデブっていうよりは、ぽっちゃりくらいな感じだったし。

あ、でも……。

そうやってすぐ、待ってました、みたいな顔するのやめてよ。有羽さんの自殺と関係あることじゃない。

些細なことだけど、有羽さんが一年生の時、体育祭で一緒に二人三脚をした男の子にケガをさせたことがあったんだよ。ケガっていうよりはちょっとした打ち身とかすり傷だし、有羽さんはちゃんと謝ったし、ケガをした本人も気にしてなさそうだったけど、学校の決まりで、両方の親に報告しなきゃいけなかったの。

どっちの親も体育祭には来ていたうえに顔見知りだったようで、その場で有羽さんの親、吉良さんは謝ったらしいし、ケガをした子の方の親なんて、うちの子がひ弱ですみませんでした、とか笑いながら言ってくれた。でも、吉良さんはものすごく申し訳なさそうに、あたしに対しても何度も謝って、相手の家に改めて、謝罪の手紙とお見舞いの品まで送ったの。その時に、今は幸せそうだけど、周りの空気に人一倍敏感に反応しなけりゃならない時期があったんじゃないかなと思って。そりゃあ、同級生があんたたちなら、明らかにからかわれてたわけだし、ビクビクしてなきゃいけなかったでしょうよ。

だからって、昔、意地悪したから、今、マスコミに叩かれてる横綱さん？　吉良さんを助けてあげたいって思ってるわけじゃないよね。

何が目的なの？　ただの好奇心？　……いや、待って。サノちゃん、初めから、有羽さんのことを同級生の横綱さんの娘だって言えばよかったのに、有羽さんに会ったことがあるからって言ったよね。それって、有羽さんだけに会ったってことじゃない？

何ですぐに想像できなかったんだろう。サノちゃんが有羽さんに会ったのって……。

何よ、急に遮って。違う、って、あたしまだ最後まで言ってないじゃん。

本当は会ったことない？　……痛っ。どういうことか説明して。嘘をついたら、テーブルじゃなくて、今度こそ、サノちゃんを叩く。

星夜くんから、気になることを聞いた？　星夜って、堀口星夜？　有羽さんの同級生。それこそ今話した、二人三脚でケガした子。いったいどんな繋がりが……、ああ、父親が同級生なんだっけ。それより、気になることって何よ。

有羽さんが自殺する直前に、星夜くんは東京で有羽さんに偶然会って、有羽さんから、高校をやめた原因は「先生」だ、って言われたわけね。

それで、嘘ついたんだ。あたしが都合の悪いことを誤魔化しながら話すのを防ぐために。でもさ、最初にそれを話してくれてたら、あたしは一分でサノちゃんのほしい答えを返せたのに。

その先生っていうのは、有羽さんの高校の担任だよ。あたしはそう思うし、その人と話した内容をあたしにちゃんと報告してくれるなら、あたしが会う段取りをつけてあげてもいい。すんなり頼むってことは、高校ルートには、知り合いがいないんだ。わかった、また連絡する。

ねえ、サノちゃん。最後に一つ、あたしからも質問していい？　有羽さんとは関係ないこと。

サノちゃんが美容外科医になったのは、何かの本に載っていた、「美がもたらす幸せを、女性は皆、平等に享受する権利があると思うから」なんていう理由じゃなくて、本当は、自分が美人じゃなくなっていくのが怖かったからじゃない？

何でそう思うのか？　お姉ちゃんが、自分が太ったことを尋常じゃないほど気にしてるんだよ。怯《おび》えてるようにも見えた。認知症のおばあちゃんの言葉にさえ過剰に反応して、パニック状態になってしまうくらい。それで、思ったのは、お姉ちゃんには痩せているということで得た幸せがあるからじゃないかな、ってこと。旦那は痩せてる自分を好きになったのだから、太ったら嫌われてしまうんじゃないか、幸せな家庭を失ってしまうんじゃないか、なんて不安に取りつかれているような気がする。

それって、いろんなことに置き換えられるんじゃないかな。単純に、お金を得て幸せになった人は、お金を失うのが怖い、とか。

美がもたらす幸せを……、なんて堂々と言えるのは、サノちゃんは自分が美人だっていうことどころか、そのおかげで得ることができた幸せが何かも自覚している。でも、人間誰でも年を取るでしょう？　不慮の事故に遭うことだってある。その時に、自分でどうにかできるようにしようとしたんじゃないかな……、なんて。

へえ、サノちゃんの旦那さんは、サノちゃんの顔が好きなわけじゃないんだ。じゃあ、あたしのただの妄想か。サノちゃんは美人ってこと以外にも、天からいろいろなものを与えられているからね。

あーあ、せっかく、あたしのことをブタってからかってきたサノちゃんに仕返しができると思ってたのに。

あたしは今、老いることも、太ることも、失業することも怖くない。もちろん、痩せることも。彼はあたしの太っているところが好きなわけじゃないから。

だから、サノちゃんより幸せなんじゃないかな。

そう言っても、自慢にならないってことだもんね。だけど、最後にやっぱり、意地悪なこと言っちゃお。

サノちゃん、結婚相手の条件は、自分を顔で選ばない人、だったんじゃない？　でもさ、旦那さんの答えが本心だったかどうかは、これからわかってくるかもしれないよ。だいたい、わたしのどこが好き？　って美人に訊かれて、顔、って答えるバカ正直な人の方がいなそうだよね。案外、そう答える人との方が、上手くやっていけてたかもしれない。

そうか。そりゃあ、有羽さんも、自分を無理やり痩せさせた人を恨むわ……。

第五章

あまいささやき

初めまして、柴山登紀子《しばやまときこ》と申します。

先生の御高著は一度も拝読したことありませんでしたが、お目にかかるにあたり、一昨日から付け焼刃とはなりますが、二冊読ませていただきました。有名な美容外科の先生だということは存じ上げておりましたので、整形を推奨するような本ばかりなのかと思っていたら、リンパマッサージですとか、サプリメントに頼らない食生活ですとか、何て申し上げたらいいのでしょう、科学の力に依存しない美容の本もあることを知り、イメージだけで敬遠していたことを恥ずかしく思いました。

この中華料理店に来るのは二度目です。一昨年でしたか、市内の高校の英語教師の親睦会がありまして、その時の会場がこちらでした。中華料理といえば、味が濃くて脂っこい印象があって、その会への参加も気乗りしなかったんです。

中華といっても、広東、四川、北京、上海など幅広く、一概にこうだと決め付けられるものではないんでしょうけど、そのあたりの違いはあまりよくわからなくて。特に、こんな田舎の中華料理店など、化学調味料をふんだんに使った、高カロリーの料理が大皿に盛られているのだろうと決め付けていました。

しかし、会の目的は食事ではなく親睦《しんぼく》です。同じ学校の英語教師は五人いますが、できたばかりの店だということもあり、皆、楽しみにしていたので、そこに水を差すのも失礼だと思い、出席することにしました。同僚は私が小食なことも知っているので、むしろ、その分、自分たちが多く食べられると喜んだ人もいたかもしれません。

ところが、店に来て驚きました。先入観というのがいかに無駄なものか。ともすればすばらしい出会いのチャンスを逃してしまうところでした。

橘先生はこちらのお店で食事をされたことは？

おありでしたら、私が説明する必要ありませんよね。メニューが違っていたとしても、この店のすばらしさを語るのに、それはたいした問題ではありません。厳選された食材とそれを生かす調理法、それらはどの料理にも生かされているはずですから。

おまけに量も私にはちょうどよかった。コース料理を最後まで残さずに食べられたのは、何十年ぶりでしたでしょう。社会人になってからは初めてだったかもしれません。

何十年ぶりかは大袈裟？　あら、先生、お世辞はけっこうです。私は先生より七歳年上で、教師生活も今年で四半世紀を迎えました。

待ち合わせを夜にして、コース料理を申し込めばよかった？　お気遣いなく。初対面同士でいきなりコース料理の方が緊張します。たとえ料理がおいしくても、気が合うかどうかわからない相手との食事なんて苦痛なだけではないですか。

それに、この店が飲茶《ヤムチャ》をしていることを知りませんでした。そうだ、こちらばかりが一方的にペラペラとしゃべって申し訳ございません。メニューを選びましょう。

蘿蔔糕《ロウバツコウ》、先生、それは大根餅ですね。普通は中に中華風のソーセージが混ぜ込まれているんですけど、このお店だと、何か違うものが入っていそうで気になりますね。

腸粉《チョンフォン》は米粉のクレープです。でも、中身は肉や魚といったおかず系のものが多いですね。春餅《シュンピン》もクレープで、肉や野菜を包んだものが多いです。

おやつ時ですし、甘いものの方がいいでしょうか。あら、裏のページにちゃんと日本語の説明が書いてあるし、スイーツ点心おまかせセットもあるじゃないですか。これにしましょう。


いいえ、中国語は習ったことがありません。でも、主だったメニューについては、どんな料理かわかります。アメリカ留学中に覚えました。

もう、二七年前、声に出してみると恐ろしい年月ですね。大学二年生と三年生の二年間、ボストンの大学に留学したんです。外大だったので、提携している大学で取得した単位はそのまま卒業単位に換算されて、当時は四年で卒業できたんです。それに申し込んで。

大学の周辺は日本食店もありましたが、私が住んでいた学生アパートはバスで一時間も離れたところにある郊外で。日本食店はおろか、古いパブとハンバーガーショップがわずかにあるばかり。でも、そういうところでも中華料理店はあるんですよね。

本当に、中国人は世界中のどこにでもいてすごいと思います。海外旅行は両手で足りる程度ですが、自分では僻地だと思っているところに行っても、中華料理店はありました。

学生アパートには同じ大学からの留学生が六人いました。男女三人ずつで、私以外はみんな社交性のある華やかな子たちでした。たとえ、同じ大学の同じキャンパスで過ごしていても、親しくなることはないような。

だけど、異国の地にいるとそうではなくなります。同じ日本人というだけで、親戚というか、共同体というか、助け合って生活するのが当たり前の関係になるんです。日本にいる時はどんなに仲のいい子でも、呼び捨てなんかしたことがなかったのに、もう、一緒に飛行機に乗った瞬間から、トキコです。入国審査が終わった頃には、トキになっていました。

仲がいいといっても、食事はそれぞれが共同キッチンで自炊をすることになりました。でも、最初の頃は学校生活だけでヘトヘトに疲れてしまって、「キミコに行く?」と誰からともなく誘っては、みんなで連れだって中華料理店に向かっていました。

店の名前はアルファベットでキミコズレストラン、日本食かと思うでしょう? 初日はそのつもりで行ったんです。こんなに気軽に行けるところに日本食レストランがあるなんて、って。でも、一歩店に入った瞬間に違うとわかりました。赤い二重の丸テーブルだったからか、壁に飾ってあるタペストリーの模様からか、においからか。いや、普通に店員に中国語で迎えられたからですかね。

少しがっかりしたけど、私を含め、みんなそれほど落胆していませんでした。一人暮らしをしていた大学生にとっては、和食よりも中華の方がなじみのある料理です。

そのまま席についてメニューを広げると、漢字が並んでいました。アメリカなのに、英語での説明もなしです。もしかすると、訊ねると出てきたのかもしれません。でも、誰もそんなことは思いつかず、丸テーブルの真ん中にメニューを置いて、みんなで頭を突き合わせて、漢字を見ながら料理を想像し始めました。

麺か飯か。肉か海鮮か。全員、麺を頼むことになったけれど、焼きそばか汁そばか。辛いのか甘いのか。私は米という字がついた海鮮麺を頼んだところ、チャンポン麺のビーフンバージョンのようなものが出てきました。小麦粉の平打ち麺あり、汁ではなくタレのかかったまぜそばのようなものもあり、誰一人、想像通りのものを受け取った子はいなかったけれど、それが楽しくて。

それからも、パズルを解き明かすように、それぞれがどんな料理か想像しながら注文して、少しずつ学習していきました。だんだんと、食べたいものが注文できるようになったけど、なんだかつまらないんですよね。

そんな時に、日曜日の午前中だけ飲茶をやっているのを突き止めた子がいるんです。クミという、六人の中では一番活発で、現地での友だちもいち早くできた子が、チャイニーズアメリカンの男の子から日曜朝の礼拝に誘われて、その後、キミコに誘われて飲茶をしたっていうんです。

次の週末、早速、クミ以外の五人で行きました。クミはその前の週に誘ってくれた男の子、確か、チャンという名だったと思います。彼の家に招待されていました。だから、どれがどんな料理か教えてくれる人はいませんでした。でも、普通の食事のメニューで慣れているから、ある程度の想像はつくだろうと、みんな高をくくっていたんです。

もう、笑ってしまうくらいダメでした。

朝食を食べる習慣のなかった私は、粥《かゆ》という字がついたメニューに目を留めました。何やら、木の実が入っているようで、おいしそうだなと。一口食べたら、これがもう甘いのなんのって。しかも、甘いつもりで食べていないから、脳がびっくりしちゃったんでしょうね。思考がしばらく停止しました。

みんな、どうしたどうした？ というふうに私を見るので、黙って皿を真ん中に出すと、四人がおもしろいほど順番に同じ反応をしていくんです。甘い、って言わないんですよ。目を見開いたり、うっ、と唸《うな》ったり、多分、拳銃をつきつけられた時と同じ反応じゃないかと思います。

幸い、そういった事件に遭遇することはありませんでしたが。すみません、物騒なたとえをしてしまって。

お粥は甘かったけど、甘いと思っていた餅が醤油をつけて食べるようなものだったり、肉まんを想像していたら食べたことのないタロイモの紫色の餡だったり、初日の麺以上に驚いたし、楽しかったです。

それから飲茶も少しずつ勉強していって、説明書きなしでも、食べたいものが注文できるようになりました。

最初のお料理が来ましたね。小籠包《シヨウロンポウ》ですか。中が紫っぽいけれど、もしかしてタロイモの餡ですかね。いただきます。やっぱりそうだ。ほんのり甘くて、温かくて、心が落ち着きますね。

私、今日は先生とケンカする覚悟で来ましたのに。

吉良有羽さんのことで、私に訊きたいことがあるんですよね。その件について、私と楽しい思い出話をしようだなんて人は誰もいないはずです。私は有羽さんを不登校に追い込んだ張本人ということになっていますから。

有羽さんが亡くなってからも教師を続けている私に対して、ずぶといだとか、人でなしだとか、酷い言葉をぶつけてくる人もいます。ネット上が大半ですが、その中にはおそらく、私にも有羽さんにも会ったことのない人がいるんだろうと思います。

私が仕事をやめないのは、自分は間違ったことをしていないと信じているからです。有羽さんが亡くなったことはショックでした。悔いることもあります。

しかし、それは有羽さんに痩せるようにと指導したことでも、有羽さんの母親に有羽さんの食事の管理をするよう願い出たことでもありません。そこは、そこだけは、正しい行為であったと断定することができます。

ネグレクトという言葉はご存じですよね。番組は見たことありませんが、橘先生がニュース番組のコメンテーターをされていることは存じ上げています。

保護者の育児放棄で食事を与えられず、餓死してしまう子どものニュースが、めずらしい事件ではないという、悲しい時代になってしまいました。しかし、では逆に、与えていればいいのでしょうか。栄養も量も考えず、太らせればいい家畜のように、ただ食べ物を与えるだけ。いいえ、きっと、家畜の方がきちんと管理されているはずです。

しかし、こういった案件の方が指導がしやすいとも言えます。

橘先生はきらいな食べ物がありますか?

モロヘイヤとマス? 魚のマスですか? ……まあ、きらいでも日常生活に支障をきたすものではなさそうなので、ないに等しいようなものでしょうね。

たまに、サケと偽ってマスを出す店がある? 確かに、富山のマスずし弁当を一度食べたことがありますけど、逆に区別がつく方がすごいと思います。

軽い蕁麻疹《じんましん》が出るんですか? でしたら、重大な問題です。ないに等しいなどと無責任なことを言って申し訳ございませんでした。ところで、何の話を……。

私はチーズが苦手だったんです。アレルギーではありません。給食に出てくる、硬くてパサパサした四角いチーズが、口の中でどれだけ嚙《か》んでも飲み込むことができなかったんです。同じクラスに、私の他にも数人、同じような子がいました。そんな小さなかたまりを食べようが、残そうが、健康上さしたる違いは出ないはずなのに、当時は、給食を残すことができませんでした。

こっそりポケットに忍ばせたのが見つかろうものなら、カンニングをした子よりも厳しく叱責されるような時代でした。しかし、今はそうではなくなった。

チーズがきらいなら、牛乳でカルシウムを補えばいい。乳製品が苦手なら、小魚で補えばいい。無理をしてきらいなものを食べる方が精神衛生上よろしくない。テレビで医者や栄養士といった専門家がそういった発言をしています。

その意見に反対はしません。自分が子どもの頃にそう言ってほしかったと思うくらいです。でも、最近の保護者は子どもがきらいなものを与えなくてもよい、というところまでしか聞いていないのです。別のもので補おうとしていない。

携帯電話の短いやりとりに慣れてしまって、長い文章が一度に頭の中に入ってこず、自分に都合のいいところだけ取り上げてしまうんでしょうか。

勉強したら○○大学に入れます。うっかりこんなことを言ってしまったら、不合格通知と一緒にクレームを受けてしまいます。先生はうちの子は○○大学に入れるって言ったじゃないですか！　勉強していない子の親に限ってそう言うんです。まあ、受験のことは置いといて。

子どもがきらいなものを与えない。これならまだいいんです。補うものを意識して与えていなくても、自然に補えているはずだから。問題は、きらいなものを与えないが転じて、好きなものしか与えない、という状態になることです。

好きなものがたくさんあればいい。食材を三〇種類使用したスープやサラダなら何も文句を言うことはありません。しかし、そうではない場合、それによって不健康な状態に陥る危険がある場合、それはもう食事を与えているとは言えない。むしろ、虐待と言っていいのではないかと思います。

もっとストレートにわかりやすく言えば、子どもに毎日、小麦粉一キロ分のドーナツを与えるのは異常な行為です。

他人の肥満について、太って何が悪いのだと抗議する人は、その人が何によって太ったのか、原因をまず考えていただきたいのです。

それから、たとえ有羽さんを知る人でも、記憶の中の有羽さんではなく、その時の有羽さんのことを調べてから、発言してほしい。連絡をくださったのが、結城先生、ご結婚されて名字が変わられたのかどうかはわかりませんが、有羽さんの中学の担任から私に連絡があったということは、橘先生も彼女には会われているということですよね。

私のことを責めていませんでしたか？　無理に痩せさせようとしたって。

お気遣いいただかなくて結構です。そんな声に怯んでしまうような覚悟のない行動なら、最初からとっていませんから。

私だって、出会った頃の有羽さん、高校に入学したばかりの彼女に対して心配したことはありませんでした。

そうです。一年次からの担任です。そりゃあ、体は大きくて、教室に入った時には、出席番号順で二列目の一番前の席についていたため、最初に目に留まりました。でも、彼女よりも大きい男子はいましたし、何よりも、彼女の目がいきいきと輝いていたので、こちらが一年生の担任として新鮮な気持ちにこそさせてもらいましたが、心配など一点のしみほどにも浮かび上がってきませんでした。

クラス役員を決める時に、有羽さんが体育委員に立候補したのには驚きましたが、同じ中学出身の子たちは当然だというように頷いていたので、口を挟まずに、お願いすることにしました。

委員長と並んで仕事の多い委員なのです。体育祭や球技大会の補助はもちろん、週に三回ある体育の授業では、毎時間、準備運動のランニングはペースメーカーとして先頭を走らなければならないし、体操は前に出て手本を見せなければなりません。しかし、有羽さんは何の負担もなくこなしているようでした。

部活動は入学早々、ダンス部に入部届を出しましたし、それを知って、陸上部の顧問とウエイトリフティング部の顧問が残念がっている様子も職員室で見かけました。

ある時、三時間目の授業前に少し早く教室について、自分のクラスということもあり休憩中だけど中に入ったら、有羽さんがドーナツを食べていたんです。禁止していることではありません。朝練のある運動部の子、特に男子は、その時間に家から持ってきた弁当を食べて、昼休みには食堂に行っていますし、お菓子を食べている女子もいます。

ただ、大きな口を開けてドーナツにかぶりつく有羽さんが本当に幸せそうな顔をしていて、思わず目が釘付けになってしまいました。自分にも、あんな顔をして何かを食べていた時期があっただろうか、なんて。

わかってくれますか？　そうです。橘先生はカスタードクリームがたっぷり入ったパンがお好きだったんですね。私もパンの中ではクリームパンが一番好きでした。パンがパンらしかった頃ですよね。

ヘンなことを言ってすみません。私と目が合った有羽さんは、私がドーナツを欲しがっているように見えたんでしょうか、持っていたドーナツを頬張ると、机の上に置いていたタッパー容器を片手に、私のところにやってきて、それを差し出してくれたんです。

お一つどうぞ、って。

かわいい模様のキッチンペーパーが敷かれたタッパーの中にはドーナツが一つしか残っていなかったし、空腹ではなかったので、お礼だけ言って断りました。そうしたら即、近くにいた男子が、じゃあ俺にちょうだい、ってドーナツを取り上げて、二口で食べてしまいました。

うっま、と彼はとろけそうな顔になりましたし、私の近くにいた女子が、先生もったいない、と残念そうに言うので、少しばかり後悔しました。なんでも、有羽さんのお母さんの作るドーナツは中学の文化祭での人気商品になるくらいおいしいのだとか。

やっぱりもらえばよかった、とか、今度はお昼に声をかけてもらえない？　などと口に出していれば、そのドーナツを食べる機会があったかもしれませんが、そういうことは苦手で、チャンスを失ってしまいました。もし一度でも食べていれば、もう少し有羽さんの気持ちに寄り添えていたのではないか。

そんな後悔がないといえば嘘になりますが、私だって、手作りのおいしいお菓子を食べたことがあります。今はほとんど間食をしませんし、一般的には少し痩せすぎな体型なので、甘いお菓子そのものを嫌悪していると誤解されることもあります。

デブの気持ちがわからない。

食べることにより得られる幸せを知らない心の貧しい人。

時には、甘いものに頼らなければ乗り越えられない人生もある。

今の私の姿しか知らない人たちは、好き勝手なことを言ってくれます。だけど、その人たちは自分の身に覚えはないのでしょうか。体重なんて、簡単に増えも減りもする。今、痩せている人が一生痩せているとは限らない。今、太っている人が一生太っているとは限らない。体の特徴の中でも、一番不確かな要素であるということを。


わっ、次の点心はなんでしょう。米粉で作った皮で黄色い餡を巻いて、何かで煮ていますね。かぼちゃの餡を、薄味の干しエビの出汁《だし》で煮ている。おでんのデザートという感じがしませんか？　すみません、おでんなんて、急に安っぽく感じてしまいますよね。

わかってもらえます？　本当は食べることが大好きなんじゃないか、って？

本当も何も。私、橘先生に一度でも、食べることが嫌いだなんて言いましたっけ？

生きていくうえで、一番大切な行為だと思っていますよ。だからこそ、その行為に対して敬意を払っているのです。


そして、そういう大切なことに気付くのは、大概、失敗をしたあとです。

橘先生にいいものを見せてあげます。もしかすると、これをネットに公表すれば、私への風向きも少しは変わるかもしれないけれど、そこまでして自分を理解してもらいたい相手ではないので。でも、先生にはわかっていただきたいんです。

どうぞ……。

ええ、私です。先ほど少し話した、アメリカに留学した直後の写真です。黒縁眼鏡とか、あの時代って感じでしょう？　今より七キロ多い、体重五〇キロの私です。中華料理店に通いすぎて太ったのではなく、高校生の頃からこれくらいでした。

運動は苦手で部活動はＥＳＳ、英語研究部でしたが、それでも結構な距離を自転車通学していたり、休日は友だちと映画を見に行ったりと、それなりに体を動かしていました。デートする相手はいませんでしたけどね。

それがどうしたってお顔ですね。では、こちらの写真も。

同一人物、私ですよ。一年半後、体重が二倍になった姿です。

どうしてこんなことになって、二十歳の女が激太りする原因なんて限られてるじゃないですか。その中でも一番ありがちな、失恋です。

同じ大学から留学した六人は仲が良かったけれど、いち早くボーイフレンド、彼女の場合、同じような相手が複数いたから恋人ではなかったと思うんですよね、そう、飲茶を教えてくれたクミはネイティブスピーカーの友だちがたくさんできた分、英会話がメキメキと上達していったんです。

六人の中に帰国子女のような子はいなくて、みんな、文法はよくできるけど会話はいまいちという典型的な日本人留学生だったのに、あっというまに何歩も先を行かれたような気がして、このままではいけないと思っていました。

私の場合、もともと親から留学を反対されていて。金銭的な理由です。特待生といった立場ではなかったので、現地での生活費込みで、留学費用はほぼ自前でした。地方の一般家庭の女子が私立四年制大学に行くことに多くの親がまだ難色を示す時代でしたからね。学校へ行かせるだけでもいっぱいいっぱいなのに、留学費なんてどこにあると思っているんだって。だけど、日本で勉強している限り、高校の延長でしかないと思ったんです。ちゃんと会話ができるようになれば就職時に大きな武器になる。海外勤務のある会社に就職したいとも考えていました。

大学進学で東京に出てきた際、狭い田舎で一八年間過ごしてきたことを、人生のマイナスのように感じました。

何を見てそんな敗北感を抱いたのか、今ではよく思い出せないんですけど、入り組んだ地下鉄に迷ったり、満員電車に酔ったり、高い建物をぼんやりと眺めている時にぶつかった人から舌打ちされたり、動く歩道を自分では早足で歩いているつもりなのに、邪魔、とか言われて追い越して行かれたり、そんな些細なことだったとは思います。

便利な東京に住んでいる人よりも、不便な田舎に住んでいる人の方が歩くのが遅い理由が当時の私には理解できなくて。田舎ものは米やイモが中心の食事だけど、都会の人は肉が中心の生活だからだろうか、なんてバカなことを本気で考えていました。

一〇〇メートル先のコンビニにも車で行くようになって、やっと理解できたんですけど、でも、改めて考えるとやっぱりヘンですよね。高校を卒業するまでは運転免許なんて持っていなかったし、今時の子みたいに、割と近所の子でも学校の送迎を親に車でしてもらってもいなかったのに。

まあ、今更それはどうでもいいことです。

とにかく広い視野を持つ人間になりたかった。田舎での遅れを取り戻すためには海外に行くしかないと思ったんです。

奨学金を借りていましたが、それは必ず自分が働いて返すと約束しましたし、成人式の振り袖どころか、結婚式の費用もいらないと言いました。親は銃で撃たれるんじゃないかといった治安についても心配していたけれど、それも、学校にある留学経験者の体験談をまとめた冊子をコピーして送り、どうにか納得してもらうことができたんです。

なのに、結果を出せないまま帰るわけにはいきません。どちらかといえば人見知りなタイプですが、友だちを作るため、積極的にネイティブの子たちの集まりに参加することにしました。

日本の大学のようにサークルなどに入らなくても、誰でも出席できる単発のイベントはたくさんありました。校舎の一階の掲示板に、ボウリングやテニス、ピクニックのお知らせが掲示されていて、参加希望者はその紙の下の部分に自分の名前を書けばいいんです。書かなくてもいいものもありました。定員が決まっているものもあったけれど、かなりの数のイベントがあったので、毎週末、何かしらに出ることができました。

中でも、よく参加したのはピクニックです。知らない言葉ではないけれど、橘先生は日本でのピクニックの御経験はありますか?

ある。それは失礼しました。そういえば、先生のお母さまも熱心にボランティア活動をされているんですよね。参加費の一部がチャリティーへの寄付金になるピクニックもありますし、きっと、そういったことにも積極的に力を入れられていたんでしょうね。

私の実家は、実は市内なので、ここほど田舎ではないのに、そのような活動とは無縁でしたし、ましてや家族行事にカタカナ名がつくものなど、せいぜいクリスマスパーティーくらいでした。それも、夕飯時にみんなでチキンとケーキを食べて、翌朝、親からのプレゼントが枕元に置かれているといった程度です。

ピクニックに一番イメージが近いものは遠足だと思うけれど、それとも少し違います。

初めて参加した時はとりあえず、野山を歩けるような恰好で集合場所に向かいました。そうしたら、ショートパンツやスカートの子もいて。男の子の車に何人かで分かれて乗って、郊外の自然豊かなところに行くまではイメージ通りでしたが、そこからは特に歩いたりしないんですよね。

テントを張ったり、シートを敷いたり、テーブルや椅子を広げたり。そうだ、バーベキューパーティーに近いですね。実際に、そこでバーベキューをしたことが何度かありました。あとは、パンやハムやソーセージを買っていって、その場で挟んで食べる、ホットドッグまたはサンドイッチパーティーのようなものとか。

しかし、食べることでなく、ビールやラムコークを飲みながら、だらだらとおしゃべりをして過ごすことがメインだったように思います。大きなラジカセで音楽を流して。

疲れました。だらだらすることをどう楽しんでいいのかわからなくて。みんなと来ているのに一人で読書をしている子がいたけど、私にはとうていマネできないし、フリスビーも苦手で。

誰に向かって投げるとか、チームに分かれてキャッチできた数を競うとか何かルールがあればいいんですけど、なんとなく投げて、なんとなく取る、しかも一つのフリスビーを複数でまわすなんて。自分のところに来なければ寂しいし、投げる番になれば、全員に均等に投げなければ、でも、一番これまでキャッチの回数の少ない人は誰だろう、なんて気を遣うだけじゃないですか。

そうです。ルールや役割があった方がラクな人間なんです。私は。

バーベキューをするのなら、野菜を切るなり、焼くなり、皿を洗うなりの役割分担をしてほしいんです。でも、あっちのバーベキューはそもそも野菜なんかなくて。タレ漬けにした大きな肉をトングでアミの上に乗せて、豪快に焼くのは男の子の役割なんですよね。

日本の男子も見習えって声が、特に昨今じゃ強く聞こえてきそうですけど、ずっと座ったままでむずむずしない女子なんてどれくらいの割合でいるんでしょう。まあ、肉を焼くのが男の役割と定着すれば、そんなの不平等だ、女にも焼かせろって声があがるんでしょうけど。一緒に焼こうじゃダメなんですかね。

すみません。ピクニックだとかバーベキューだとか関係ないことばかりに夢中になってしまって。そこで出会ったのが、ジョージだったんです。仮名じゃありません、本当にジョージです。

テーブル席の端っこで手のひらほどの肉と格闘していると、隣に座っていいかい、と言って、私にコーラを差し出してくれたんです。飲み物はクーラーボックスの中から各自が自由に取ることになっていたんですけど、二本目を取りに行っていいものかどうかわからず、なんとなくガマンしていました。

お礼を言って受け取ると、彼は、楽しんでる？　とか、こっちの生活にはもう慣れた？　とか、何か買い出しに行かなければならないものがあれば車を出すよ、とか私にわかりやすいよう、ゆっくりと話しかけてくれました。

それから、この先に景色がいいところがある、一緒に行かないか、と誘われました。なんてことのない、バーベキューをしている広場から歩いて数分の、少し高くなった丘のようなところです。景色も広場から見えるのと別段、かわりばえしないように私は思いました。でも、ジョージは、ワオ、なんて言いながら大きく深呼吸して、私に向かってニコッと笑いかけるんです。胸がドキドキしました。生まれて初めてです。私も、素敵な景色、と言い返して笑いました。ものすごくぎこちない笑顔だったはずです。

昔は修学旅行や遠足の写真を学校の廊下に貼り出していたじゃないですか。自分が写っているのなんてどれほどもないのに、そのほとんどが仏頂面で。そりゃあ、あまり楽しめていなかったとか、お腹が痛かったとかの覚えがあれば自分でも納得できます。だけど、自分なりに楽しんでいて、カメラを正面から向けられたものにはちゃんと笑いかけていたはずなのに、写っているのは不機嫌そうな顔の自分なんです。

橘先生にはわからないでしょうね。いつもセンターで華やかな笑みを浮かべているタイプですもの。嫌味ではありません。うらやましいんです。常に幸せそうな顔じゃなくてもいい、嬉しい時くらい、そういった顔ができるようになりたい。願望の裏返しです。

そんな、ただ歪《ゆが》めた顔を返しただけなのに、ジョージはかわいいと言ってくれました。自分は日本の文化にも興味があって、日本人と仲良くしたいと思っていた。だけど、日本人は日本人同士で行動するからどんなふうに声をかけていいのかわからなかった。だから、今日のピクニックにきみが来てくれたのには、驚いたし、心から嬉しく思ったよ。

――友だちになってくれるかい？

片手を差し出されるのは、当時日本ではやっていた告白番組に似ていて照れくさかったけれど、友だち、なら躊躇《ちゅうちょ》はありませんでした。でも、やはり、手を握り返すとドキドキして、そういうのを全部見透かされていたんでしょうね。

それでも、楽しかったんです。

イベントがあるのは、週末だけではありませんでした。平日の夜もパブに集まってお酒を飲んだり、そのままドライブをしたり、そのうち、ジョージの車で二人で出かけることが多くなりました。

まさか留学中に、恋人ができるなんて。ジョージは白人で、髪は明るい栗色、目は深いこげ茶色、残念なのは鼻が少し上を向いているところだけど、私にとっては王子様以外の何者でもなかった。

アイラブユーだけでなく、日本人の男の子なら恥ずかしくて言えないんじゃないかと思うような言葉を、たくさん私に言ってくれました。キュートでチャーミングな、アジアンビューティー。トキ、きみは僕の女神だ。

英語も上達しました。よかったのは、それくらいですかね。

連日パブ通いをしているわけにはいかず、ジョージも課題のレポートがたまっているからと、会うのは週二日くらいに落ち着きました。ジョージは法学部の学生で、弁護士を目指していると言っていました。

英語は話せて当たり前。それプラスのスキルを身につけるために大学に通っている。日本の大学生だって、法学部や医学部に在籍しながら、私よりも英会話が堪能な人などわんさかいるに違いない。

そういうことを考えるのも、劣等感に繋がるのではなく、ジョージはステキ、に結びついていくんです。恋は盲目なんて、よく言ったものですよね。この世界はジョージと私のためにある、くらいに思っていたんです。すでに、国際結婚について考えていましたもの。

両親をどう説得しようか、とか。

しかし、世界は二人きりではなく、しかも、私の周囲には日本人もいました。久しぶりに同じアパートの日本人学生六人でキミコに行きました。みんな、私の語学力が上がったことを褒めてくれました。私もえらそうに、日本人同士で固まっていてはダメだと説教じみたことをしました。それさえも、明るくなった、積極的になった、と言ってくれたんです。

女子、クミと、もう一人はフミカ、彼女らは私がきれいになったと言ってくれました。眼鏡をコンタクトレンズに変えるとか、眉毛を整えるとか、髪の毛をブローするとか、高校生レベルの変化だったはずなのに。

笑顔がかわいくなったとも言ってくれました。

何が出てくるのか想像できるようになった料理のメニューを広げて、ビールに合うものをたくさん選び、翌朝、顎の付け根が痛くなるほどにみんなと笑い合ったあの夜は、本当に楽しかった。

しかし、それから一週間もしないうちに、夜、クミが神妙な顔で私の部屋のドアをノックしました。

ジョージのよくない噂を聞いたと言うのです。日本人留学生に声をかけては、あきたら無残に捨てるのだとか。どうせ、文句もロクに言えないのだから、と開き直っているとも聞きました。

そういう時、バカな女はどう考えると思います？

正解。さすが橘先生、そういう女と多く向かい合ってきたんでしょうね。

私は違う。私は本当に愛されている。

せっかく忠告してくれたクミには、私の恋人が白人だからと妬んでいるのだろうとか、私の発音の方がきれいになったからといって足を引っ張るようなことはやめてほしいとか、好き勝手な暴言を吐いてしまいました。

怒られるというよりは、あきれられました。

だけど、それからひと月もたたないうちに、忠告は正しかったのだと思い知らされることになったのです。別のイベントに申し込んだフミカが一人では不安だからと、私についてきてほしいと頼んできたのです。お金持ちの誰かの家でやるホームパーティーだと聞いて、おもしろそうだなと思いました。

会費の代わりに、料理を持ち寄ることになっていて、私たちはアパートで巻きずしを作ることにしました。ちょうど、カリフォルニアロールがはやっていた時代です。

こういうこともあろうかと、フミカは日本から海苔《のり》とかんぴょう、巻き簾《す》まで持ってきていました。私はそういったものを持っていかなかったため、卵を焼くことを申し出ました。あまり料理は得意じゃなかったけれど、高校の時に自分で弁当を作っていたから、卵焼きには自信があったんです。

それを持ってパーティーに行って、驚きました。参加者は百人くらいいたんじゃないかと思います。受付の幹事の女の子に巻きずしを入れたタッパー容器をわたすと、アメージング！　と言って喜んでくれました。日本人は私たちだけでした。

このパーティーというのも、いまいち要領をえません。日本で誕生日パーティーに呼ばれたことはあったけれど、その時は、主役がいて、その子や家の人主導のもと、歌をうたったり、ケーキを食べたり、ゲームをしたりしたのですが、そういう対象者は見当たりません。

幹事の子たちはおもしろい帽子をかぶって飲み物を配っているだけです。楽しんでね、と言いながら。どうやらここも、ピクニックと同様に、食べて飲んで歓談を楽しむ会だということがわかりました。

ちょうど、外のバルコニーでトランプをしているグループがあり、そこに交ぜてもらうことにしました。フミカも一緒にです。せっかくネイティブの友だちを作るために参加したというのに、彼女は私にべったりでした。

トランプはババ抜きです。知っているものでよかった。他にも、ダウトとか神経衰弱とか、修学旅行の夜みたいでおもしろかったです。

料理はソーセージとポテト、サンドイッチといったこれまたピクニック系のものが多く、私たちの巻きずしは大好評でした。飲み物も遠慮せずに飲みました。大きなボウルに用意されたカラフルなサングリアがおいしかったんです。

そうなると、トイレに行きたくなって。フミカはまだゲームの途中で、すっかりなじんだ様子だったので、一人で行くことにしました。一階のトイレは誰かが酔いつぶれていたので、二階に上がりました。

一階の喧騒《けんそう》が嘘のように静かで、私はトイレを探してうろうろと歩き回っていました。一部屋ずつ、そっとドアを開けながら。そうしないとどこがトイレだかわからなくて。一階から抜け出してきたカップルがいちゃついているところを目撃して、何度か気まずい思いもしました。二階はそういう場所になっていたようです。

そうして、遭遇してしまったんです。ジョージと白人の女が半裸でいちゃついているところに。目の前が真っ暗になりそうでした。

ジョージの反応？　ハイ、トキ。きみもパーティーに来ていたんだ。愛想よくそんな言い方をされたら、詰め寄っても行けません。もともと、ショックで足がかたまってはいたけれど。そのうえ、女が訊くんです、誰？　って。

――日本人の友人さ。あの、寿司ロールの？　そうさ、あの気持ち悪い。

部屋のドアを閉めもせず駆け出して、フミカに声もかけずに帰りました。フミカは私が帰ってこないことを不審に思っていたけど、腕を組んで一階に降りてきたジョージと白人女を見て察したそうです。

だけど、最悪なことはそんな小さな失恋ではありません。

妊娠に気付いたのは翌月でした。生理が来ないことをフミカに相談していると、クミが日本から持参していたという妊娠検査薬をくれたのです。私は彼女にとても失礼な態度を取ったのに。ここでは身内みたいなものでしょう？　って。くっきりとそのしるしが現れたのを見て、私はパニックを起こしました。

どうすればいい？　どうすればいい？　どうすればいい？

クミにジョージに会うことを勧められました。一人で抱え込んではいけないって。向こうのせいでもあるのだからって。フミカもついてきてくれることになりました。ちゃんと話を聞いてくれるといいねって。最低のクズ野郎じゃなきゃいいねって。

そういう場合、大概が、最低のクズ野郎なんですよね。

まず舌打ちしました。僕の子だという証拠はあるのかい。あなた以外と関係は持っていない。それを証明することはできるのかい。黙っていると、そもそもきみは僕に避妊を頼まなかったじゃないか。やっぱり言葉は出ません。アメリカの女の子はちゃんと自分でコンドームを用意しているというのに。それを忘れた、きみのせいじゃないの？

橘先生、私は何と言えばよかったんですかね。修羅場はいくつか経験のあるクミも、あなたは最低だとか、悪魔だとか、そういう抽象的なことを言うだけで精いっぱいな様子でした。

フミカにいたっては、先に彼女の方が泣き出してしまって。

もう日本に帰るしかないのだろうか。しかし、保険証などから妊娠が母にバレてしまっては殺されかねません。あの人なら私を殺して自分も一緒に死のうとするはずです。こちらで解決しなければならない。

とはいえ、簡単なことではありませんでした。性に関してはアメリカの方が数段すすんでいるという印象がありますが、宗教上の問題などもからんで、望まない妊娠をしたからといってすぐに堕胎ができるわけではないことを知りました。

インターネットで簡単に情報を得られる時代でもありません。

クミが教会で出会った在米日本人女性の方に相談してくれて、ようやく堕ろすことができたのです。

まだ豆粒ほどの大きさにも満たないものを掻《か》き出しただけなのに、体の中が空洞になってしまったような気分でした。感情が何もないんです。悲しいとすら思わなかった。食事も、喉を通らないのではなく、空腹を感じませんでした。

あっ、今度はゴマ団子ですね。熱っ。先生これ、中の餡もゴマ餡ですよ。食欲がなくなった話をしていても、おいしいものは喉を通っていくものですね。お茶も、ありがとうございます。

痩せ細っていく私を心配したフミカはお粥を作ってくれました。薄々事情を察した同じアパートの男の子たちが、日本から持ってきていた梅干やふりかけを、そのお粥に添えてくれました。でも、喉を通りませんでした。無理に飲み込もうとすると、えずいて吐きだしてしまうんです。

みんなは他にも、キミコで私の好きなビーフンの汁そばやエビワンタンスープなどを鍋を持参してテイクアウトしてくれましたが、それもダメでした。喉を通過するのはかろうじて水だけです。このまま餓死してもいいと思いました。

そんな時、教会帰りのクミが私にお土産を買ってきてくれたんです。食欲がない時ってお米やお茶の温かい蒸気だけでも気分が悪くなって、水でさえも氷を入れて飲んでいたのに、その蒸気からはそんな気分は生じませんでした。

甘い、優しい香りが漂っていて、口に入れないまでも、その温かさに手をかざしてみたい、頬を近づけてみたいという欲求が湧き上がったのです。薄い紙袋に入ったそれを私は受け取りました。温かい手で優しく包み込まれたような気分になりました。頬やおでこにその紙袋を当てると涙が込み上げてきました。

母の手を思い出しました。

母は保険の外交の仕事が忙しくて、あまり構ってくれたことはありませんでした。そのくせ、厳しくて、顔を合わせているあいだ、何かしら文句を言ってくるんです。なのに、私が寝ると、しばらくしてから寝室に入ってきます。私の寝相が悪いから、布団をかけ直しに。その時に、頭や肩をいつもなでてくれていました。そうしてもらうと、布団を蹴飛ばさずに、落ち着いて、朝までぐっすり寝ることができました。

空っぽになった自分が求めていたのは、ひと肌の温かさだったのかもしれないと思いました。アパートのみんなは親切にしてくれるけど、手を握ってくれたりはしませんから。

ひとしきりその温かさに触れたあとで、わたしは紙袋の中身を取り出しました。こぶし大の蒸し饅頭《まんじゆう》でした。甘い香りの正体もわかっています。喉を通る気はしませんでしたが、ゆっくりと一口かじってみました。

キミコの紫色のタロイモの餡には砂糖が入っておらず、イモの甘味だけです。

その甘味は噛めば噛むほど、染み込むように口の中に広がっていきました。大丈夫、大丈夫。頭の中心からそんな声が聞こえました。そして、喉の奥にストンと落ちていったのです。二口目をかじると、また同じ声が聞こえて、甘い餡はふかふかの皮と一緒に、喉の奥へと落ちていき、ストンとお腹の底まで到着すると、ぽっかりとあいた私の体の中の穴を埋め始めてくれました。

三口目も、四口目も、甘い餡は私を励ましながら、体の穴を埋めてくれ、ついに、私は饅頭を完食することができたのです。それどころか、もう一つ食べたかった。いいえ、まだまだ優しく励まされたかったし、穴もふさがりきっていなかったのだと思います。

みんなも喜んでくれました。クミがその日のうちにキミコに行って、日曜日以外でも、蒸し饅頭を作ってほしいと頼んでくれました。

それからは、毎日、誰かしらがキミコに行き、帰り際、私の饅頭を受け取って帰ってくれるようになり、私が自力で行けるようになった頃には、トキがその饅頭の名前になっていました。

私用に作ってくれたその饅頭を買い占めて、毎日、一二個ずつ食べていました。その半年後の姿が、このまるまると太った方の私です。

まるで、二年生になった頃の有羽さんのようです。私が有羽さんの太り方に危機感を覚えたのは、自分のそれとそっくりだったからです。

次は、蒸し饅頭！　やはりどこかに盗聴器があるんじゃないですか？　でもかわいらしい大きさですね。これは、普通の小豆《あずき》の餡ですか。奇をてらったものも新鮮で驚きがあっておいしいけど、最終、これがないとものが足りませんよね。橘先生はつぶ餡とこし餡どちらがお好きですか？

こし餡、同じです。でも、そんなことはどうでもいいから続きを話せってお顔ですね。

デブ、という言い方はどうかと思いますが、肥満という言葉にしてしまうと、上によい意味を付けるのがおかしくなりそうなので、デブという表現を使います。

有羽さんは健康なデブでした。運動神経がよく、頭の回転も速い。そんな子を指導の対象にしようなどとは思いません。しかし、一年生の夏休み明け頃からか、目に見えて彼女が太っていくのがわかったんです。

入学時の体重は八四キロ。二年生の春の体重測定では一〇四キロになっていました。ほうっておいてはいけないと思い、まずは、養護の先生に相談しました。しかし、有羽さんはちゃんと体を動かしているからと、まったく気に留めてもらえませんでした。

目の輝きがなくなった、授業中にぼんやりしていることが多い。そんな気付きを言っても、年齢特有のもので、体型とは関係ないと言い切るんです。

学年主任に相談しても、同じ学年の同僚や体育や家庭の先生に相談しても、答えは同じ。みんな、私の考えすぎだって言うんです。

柴山先生が体調管理のことを気にしすぎ、むしろ、先生が痩せているから、吉良さんが太って見えるんじゃないか、なんて。

世の中ダイエットブームで、自分でもダイエットをしていたり、常に最新のダイエット情報を仕入れることに余念がない教師もいるのに、肥満に対する危機感がないんです。ここからはもう、肥満と言います。

しかし、肥満はやはり弊害を生んだようで、ある時、有羽さんが膝にサポーターをはめていることに気付きました。私は有羽さんを呼び出して、食生活に関する質問をしたんです。彼女の言い分はいつも同じ。

——お母さんの作るドーナツがおいしくて。

聞けば、彼女の母親は毎日、小麦粉一キロ分のドーナツを作って、彼女に与えているのだとか。ずっとそうなのかと訊ねると、一年生の夏休み頃から、ものすごくお腹がすくようになったから、いつもの二倍の量で、週に一回だったものを、毎日作ってもらうようになったと言うのです。

うらやましいでしょう？　と笑う有羽さんに、私は何があったのかと真面目に訊きました。しかし、彼女はニヤニヤしながら首を捻るばかりです。そうやって誤魔化そうとしていることは伝わってきました。

有羽さんに覚えがないのなら、家の人に話を聞かせてもらいます。そう言った途端、彼女の顔が曇りました。痩せるから、それはやめてほしいと頼まれました。

私もそれで、有羽さんがドーナツを控えてくれるならと、その時は、有羽さんの要求を受け入れました。

しかし、彼女はドーナツを我慢することはできなかったようです。代わりに、部活動以外に自主トレーニングを始めて、膝と足首を痛めて、ダンスを休まなければならなくなり、そのまま部活動をやめてしまいました。

そこからはもう、それまでの倍のペースで太っていきました。どうにかしなければと、意を決して、吉良さん宅に家庭訪問しました。有羽さんの母親は、初めはおどおどした様子でした。娘が学校で何か問題を起こしたのかと心配していたのかもしれません。だから先に、健康調査のようなもので来たことをお伝えしました。有羽さんの食生活についてもう少し考えてほしいと。そうしたら、急にヒステリックな様子になって、こう言われました。

――私は管理栄養士です！

もうその一点張りで、何を言おうとしても、聞く耳を持ってもらえません。私は一人で来たことを後悔しました。管理栄養士よりも説得力のある人を連れてこなければならない。そう思い、突然の訪問を詫びて、辞することにしました。

有羽さんですか？　家を訪れた時はいないのかと思いましたが、外に出たあとで、二階の部屋からこちらを見ている有羽さんと目が合いました。

怒った様子ではありません。私がよく知っている目でした。

翌日、有羽さんは欠席しました。その翌日も。私は急がなければならないと思い、校医と市役所の保健師、両方に連絡しましたが、その方たちに相談する前に、学校から勝手な行動を慎むよう、忠告を受けてしまいました。

有羽さんの保護者、父親からクレームが入ったんです。

そうです、父親です。そちらの精神状態が不安定な担任のせいで、うちが児童虐待の疑いを持たれることを遺憾に思う。これ以上、行動がエスカレートするようなら、法的な手段も検討する、と。

私はただ、手遅れになる前に、有羽さんを助けたかったのに。

最後はマンゴープリンですか。これは、キミコにはなかったな。杏仁豆腐《あんにんどうふ》はあったんですけどね。

蒸し饅頭は私を助けてくれました。優しい声が聞きたくて、温かい励ましが欲しくて、私は饅頭を食べ続けた。その結果、肥満体となり、徐々に誰の声も聞こえなくなっていきました。動くことも、考えることもおっくうで、そのうち部屋に閉じこもるようになりました。同じアパートの子たちは心配してくれたけど、その声も、非難されているように聞こえて、みんなの顔を見るのもイヤになった。でも、彼女らはその原因が饅頭だとは思っていなかったはずです。仮に、予想がついていたとしても、饅頭に辿《たど》り着くまでのいきさつを知っているので、私から取り上げることはできなかったはずです。

ところが、ある時、とうとう饅頭を食べても何も聞こえなくなったんです。心が満たされなくなった。どうして？　どうして？　そうなった時に、ふっと湧き上がってきた感情があるんです。

死にたい。

酷く眠い時の柔らかいベッドのように、ただもう引き込まれていくようでした。

もう完全にその思いにとらわれる直前でした、電話がかかってきたんです。国際電話が。母からでした。私の夢を見たって。

――声に元気がないけど、大丈夫？　ちゃんと野菜を食べるのよ。

電話代がかさむからと、本当にそれだけ言って母は電話を切りました。

野菜、野菜……。アパートの共同キッチンの冷蔵庫をあけると、フミカ用のスペースに太いうりのようなキュウリが入っていました。水分をたっぷり含んだそれを、私はかじりたいと思いました。フミカの部屋をノックして、キュウリをわけてくれないかと訊ねると、彼女は驚いた様子で、いいよ、と言ってくれました。

包丁で端だけ切り落として、かぶりつきました。口の中いっぱいに水分が広がって、それと同時に、頭の中の霧が少し晴れたような気がしました。

饅頭に重ねてこれまで聞こえていた声は何だったのだろう。あれは、私が聞きたいと願っていただけの声で、体の中から自然に発生する思い、体の声ではない。心の声が体を蝕《むしば》もうとしていたのではないか。

その日から、私は自分の心ではなく、体の声に耳を傾けるようになりました。健やかな状態を保つために、何を欲しているのか。逆に、目の前にある食べ物は今必要なものなのか。三食決まった時間に食べることをやめました。散歩をしたり、歩いたり、体の求める運動をしました。

そうして、半年後の帰国時、日本を出る時と同じ体重に戻っていました。特別なダイエットは何もしていません。ただ、体の声に耳を傾けただけ。

自らの中に心の声があることは知っていても、体の声があることに気付いていない人はたくさんいると思います。心の声は甘えん坊で、怠惰です。少なくとも、私の心の声は。時々は耳を傾ける必要はありますが、それは本当に時々でいいと思います。

私は有羽さんにそれを伝えたかった。有羽さんに直接届きそうになかったから、彼女の母親からそれを伝えてほしかった。

きっと、ドーナツから何か聞こえていたはずなんです。有羽さんの心が求めている声が。でも、一度それに蓋《ふた》をして、体の声を聞いてほしかった。そうしたら、得意なダンスだってまたできていたはずなのに。

何も伝えることができないまま、有羽さんは学校をやめてしまいました。

その後、東京に引っ越したと聞いています。有羽さんが痩せたとも。

私はそれを聞いて安心しました。有羽さんが美容整形で痩せたと知ったのは、もっとあとになってからです。

太っていても健康なら問題ないように、痩せること自体には大きな意味も価値もないと私は思っています。痩せたとしても、有羽さんが体の声と向き合っていない限り、心の声が響き続けていたはずです。

だけど、あの夏の日、それが聞こえなくなった。

橘先生にとっては、おかしなこじつけをする不快な話だったかもしれません。謝りませんけどね。

先生がこうして、関係者から話を聞いて、何をされようとしているのかはわかりません。

しかし、決して責任転嫁しようとしているのではなく、元担任としての気付きを言わせていただくとしたら、先に壊れたのは、母親の方です。そして、これは憶測ですが、夫、有羽さんの父親の帰国が影響しているのではないかと思います。

私の目？　最後にそれを訊きますか。まあ、昔の写真を見せてしまいましたものね。まさか、そちらの方が気になっていたとは。

この二重は整形です。だって、体の声に耳を傾けていても、瞼は変わらないじゃないですか。アジアンビューティーくそくらえ、ですよ。

有意義なお茶の時間を、ありがとうございました。

第六章

あこがれの人

本当に来たんだ、久乃さん。

何これ、手土産？　シュークリームなんて、いらないよ。玄関に置いておくから、忘れないように持って帰って。

要冷蔵？　ったく面倒だな。絶対に忘れないでよ。

シュークリームは好物じゃなかった？　いや、大好き。「白バラ堂」のは特に。カスタードクリームの黄色が他の店とは違うんだもの。卵ってこんなに深い味がするんだなって感動しちゃう。でも、いらない。

久乃さんからおいしいお菓子を受け取る権利は、わたしにはないはずだから。

写真立てとかジロジロ見ないで、どこか適当なとこ、そこの黄色い座布団にでも座ってよ。狭けりゃ、その辺の雑誌、適当に重ねて、自分でスペースを確保して。別に、久乃さんが来るからといって、片付けをしておく必要はないでしょう？　用事があるのはそっちなんだから。

別の場所でもよかった？　そりゃあ、久乃さんはそうでしょうよ。たとえ、周囲の人に橘久乃だとバレても、それはいい意味でしかなくて、眉を顰《ひそ》められることも、ひそひそ話をされることもないんだから。相変わらず、自分のことしか考えられない人ね。

一〇秒ほど窓を開けてもいいか？　この流れでそんな言い方する？　だんだんここが小学校の教室に見えてきた。ご自由にどうぞ。しばらく料理はしてないし、散らかってはいるけど、生ゴミはちゃんと捨てているから、臭いが籠ってるとは思えないけど。

それとも、空気そのものが澱《よど》んでる？　わたしが吐き出した空気なんて、極力吸いたくないってこと？　デブ菌に感染するから？　それはないか。

わたし、今、久乃さんより体重は軽いはずだから。

人間の体って不思議よね。痩せたいと願っている時は、どんなに甘い物をガマンしても、食べた物を毎回吐き出しても、一グラムも減らないどころか、増えてしまうことだってあるのに、どうでもよくなったら、人、一人分の体重が消えてしまうほどに痩せてしまえるんだもの。

いや、消えたんじゃないか。もぎ取られたんだ。

皮はぶよぶよだし、まさに抜け殻みたいな状態よ。

わたしは紅茶を淹れるけど、久乃さんも飲む？　リンゴのアールグレイ、娘が……、有羽が好きだったお茶だけど。

飲みたい？　じゃあ、淹れさせていただきます。わたしにそんな権利ないと思うけど。女王さまのお望みなら。いいから、座っていて。

久乃さん、有羽のことを聞き回っているんでしょう？

何で知ってるの？　って、久乃さんやわたしが生まれ育ったこの町はそういうところじゃない。引きこもりのわたしのところにも、噂話と悪口だけは届いてくるような。なーんて、つい先日、堀口くんや希恵先生がここに来たってだけ。有羽にお線香をあげさせてほしいって。堀口くんは、弦多じゃなくて、息子の星夜くんの方ね。

おもしろいの。二人とも、わたしのことを認識していなくて、親戚か誰かだと勘違いしていたんだから。希恵先生なんて面と向かって、八重子さんのお加減はいかがですか？　なんて訊いてくるし。

さすがに笑ったわ。何日、いや、何カ月、もっとか、何年ぶりだろう。笑ったのなんて。わたし、希恵先生のことは好きだったから。太ってる同類としてじゃない。一生懸命におせっかいを焼くところが、短大時代の友だちに似ていたから。

堀口くんはお茶を出した頃に気付いたようで、絶句してた。優しい子よね。

それより、久乃さん。わたし、変わったと思わない？　あなたに向かってこんなにもおしゃべりしてる。昔は、用事を一つ伝えるだけでも赤面して、汗が噴き出て、うまく話せなかったのに。

それが自分の性格だから、仕方ないと思ってた。根暗の横綱八重子。

太っているのも、自分の体質だから、仕方ないと思ってた。横綱の横綱八重子。

友だちができなくてもいい、オシャレなんかできなくてもいい。注目されるのは身体測定の時だけ。

でも、仕方ない、なんてことはなかった。ただ、わたしは、そうじゃないと言ってくれる人に出会えていなかっただけ。この町に、そんな人がいなかっただけ。だから、わたしは東京までの大都市じゃなくても、この町よりはたくさんの人が集まる神戸に出してくれた親に、とても感謝している。

あっちがわたしのことを、今、どう思っていようとね。わたしのせいでノイローゼ気味みたい。

進学したのは短大。栄養士になるための学科。

へえ、納得。みたいな顔するんだよね、大概の人が。今の久乃さんみたいに。

食べることが好きなのだろう。料理が好きなのだろう。だから、太っているのだろう。もしくは、その逆バージョンで想像している証拠よ。さらに、勝手に想像を膨らませてくれる人もいる。暴飲暴食をして太った体を正常に戻すために、栄養について正しく学びたいと思うのだろう。要は、痩せるために勉強する。

余計なお世話。全部、でたらめ。

わたしはただ、祖母に好きなものを食べさせてあげたかった。

ねえ、久乃さん、信じられる？　わたし、小さい頃、幼稚園に入るまでは、自分のことをかわいいと思っていたの。祖母が毎日、そう言ってくれたから。なのに、幼稚園に入ると、誰もわたしにそんなことを言ってくれない。それどころか、デブとかブタとか、からかわれるばかり。

一体、どうなってるの？　わたしが泣きながら訊ねると、祖母はわたしの頭を優しくなでながら言ってくれた。

神様はみんなにそれぞれ違う目を与えてくださっているんだ。でなけりゃ、みんなが同じものを欲しがって、奪い合いになるからね。

すぐに納得できたわけじゃない。わたしの周りには、同じ目を持っているとしか思えない人たちばかりだったから。嘘つき、と祖母を責めたこともある。

ところで、久乃さん、「倫敦屋《ろんどんや》」って憶えてる？　商店街の入り口にあった。揚げパンの専門店？　そういう言い方ができたのか。これまで、あの店を何屋と呼んでいいのかわからなかったけど、単純に、それよね。

ピロシキ、揚げカレーパン、揚げクリームパン、ドーナツ、餡ドーナツ、ネジりパン、あの店で売っていたのは全部、揚げたパンだったんだから。ピロシキなのにロンドンってところで、惑わされていたのかもしれない。

腰の曲がったおばあさんが一人でせっせとピロシキを包んで揚げているのを、店の前で見るのがとても好きだったけど、母親に見つかって、意地汚いからやめろって怒られた。

久乃さんもあそこのピロシキが好きだったの？　比べる対象がなかったからピロシキとはああいうものだと思ってたけど、今から思えば、クオリティ高かったよね。

東京のロシア料理店で出されるものよりおいしいんだ。今はもう食べられないから、記憶の補正が入ってるところもあるんだろうけど、大袈裟だとは思わない。

わたしが同類ぶる権利なんてないけどね。

とにかく、「倫敦屋」の常連客の大半はピロシキ目当てだったはずだけど、祖母はそうじゃなかった。ドーナツが好きだったの。チョコレートがかかっているわけじゃない、クリームが挟まっているわけじゃない。真ん中に穴があいた、砂糖をまぶしてあるだけのシンプルなドーナツ。しかも、グラニュー糖じゃなくて、普通の上白糖だった。

あれを、よく買ってきてた。わたしを呼んでくれて、二人で縁側に並んで座って食べるの。素手でドーナツ摑《つか》んで、祖母はそれを口に運ばずに、目の前にかざしていた。太陽を眺めるみたいに少し顔を上げて。

何が見えるんだろうって、いつも気になっていたけど、子ども心に訊いちゃいけないような気がして、わたしはドーナツを食べながら黙ってそれを見ていた。

どうして訊いちゃいけないと思ったのか？　質問がストレートよね。自分が他人の世界に割り込んでも、それを疎ましく思われるなんて微塵《みじん》も想像しない人しかできないこと。たとえ、相手がもう会えない人に思いを馳《は》せていたとしても。

とはいえ、黙っていても、じっと見ていたら、教えてくれって言ってるようなものだから、わたしも一緒か。ああ、ごめんなさい。また、厚かましい言い方しちゃった。でも、今日はそれを謝るのもしんどいし、そっちが訪ねてきたんだから、そもそも立場をわきまえる必要もないんだろうけどね。

ある時、祖母は、ドーナツの向こうに息子が見えるんだって教えてくれた。わたしの父のことじゃない。父より一〇歳年下の弟がいたことは、その時初めて知った。五歳の冬に肺炎で死んでしまったんだって。「倫敦屋」のドーナツが大好物で、誕生日に年の数だけ買ってもらえることを楽しみにしていたみたい。

裕福ではないけれど、毎日ドーナツを買ってやれないほど貧しくもなかった。最後の日がわかっていたら、毎日五個でも、一〇個でも、長生きする人の一生分食べさせてやったのに。寂しそうにそう話す祖母に、わたしは洟《はな》をすすり返すことしかできなかった。祖母の息子とか、父の弟とか関係なく、自分と年の変わらない子どもが、ドーナツを食べたいと願いながら死んじゃったことが、かわいそうだと思ったから。

だけど、祖母はこうも続けた。

でもね、悲しくはないんだよ。こうやってドーナツをのぞくと、あの子が向こうの世界で幸せに過ごしている姿が見えるからね。毎日、おいしそうにドーナツを食べているよ。もう、いい、大人なのにさ。

言われて、わたしもドーナツをのぞいたら、祖母の微笑む顔が見えて、ドーナツの穴は自分の見たいものを映してくれる魔法の鏡みたいだなって思った。それまでは、ただ指をかけるところくらいにしか考えていなかったのに。

そうやって、しょっちゅうドーナツを食べていたせいか、祖母もけっこうな肥満体で、糖尿病になってしまった。それと同時期に、「倫敦屋」のおばあさんも亡くなって、店も閉まったから、ちょうどよかったくらいに思っていたんだけど……。

それにしても、「倫敦屋」のおばあさんはすごいよね。亡くなる二日前までピロシキ揚げていたんだから。九六歳だったって。遺族にリクエストしていたのか、ビートルズで見送られたらしいよ。そういえば、店の奥のラジカセで、いつも流れていたよね。ラジカセ、だって。

まあ、そっちは置いといて。祖母は日増しに弱っていった。全体的な食事制限も苦痛だっただろうし、症状も重かったみたいだけど、精神的な面に関しては、わたしはドーナツが食べられなくなったせいじゃないかと考えた。

だから、食べなくてもいい、穴をのぞくためだけにでもと思って、市販のドーナツを祖母に買ってあげたんだけど、これじゃない感が強かったのか、逆に落ち込んじゃって。

ないんだよね。「倫敦屋」のみたいなシンプルなのって。だから、自分で作ってみることにした。簡単だと思ってたのに、まったくダメだった。外はカリッとしていて、中はフワフワ、それが冷めても続くなんて、市販のドーナツミックスでも、上質な材料を揃えて一からこねてみても、再現できなかった。

ましてや、糖尿病患者用にカロリーを控えるなんて、どこをどうすればいいのか。

それで、栄養学を学ぶことにしたの。

長い前置きね。そこで出会った人のことを話そうと思っていたのに。

興味深かった？　いったいどこが。「倫敦屋」のピロシキが恋しくなったとか。

まあ、何でもいいわ。短大で出会ったのが、城山萌《しろやまめぐみ》さん。同じ学科で、彼女の方から声をかけてくれたの。夏前頃だったかな。一緒に帰ろうって。華奢で色白で背が低くて、目がくりくりとしていて、アイドルみたいにかわいい子だった。そんな子に、わたしがまともに返事なんてできるはずがない。

いえ、あの、その。顔から汗が噴き出した。なのに、彼女は気持ち悪がる様子もなく、暑いよね、なんて言いながら汗一つかいていない顔を片手であおいで、お茶に誘ってくれたの。おいしいカヌレの店があるからって。

カヌレって何？　とも訊けなくて。わたしは要領を得ない返事をして、彼女について行った。詐欺にでもあうんじゃないか。このまま、英会話の教材でも買わされるんじゃないか。そんな不安も込み上げてきた。

だんだん頭が真っ白になってきて、店までどの道を歩いたのかも思い出せない。どんなメニューで何を頼んだのかも。だけど、カヌレの味は憶えてる。ほろ苦くて、あまりおいしいとは感じなかった。だけど、外側のカリッとした歯ごたえと中のもちっとした食感は、わたしの目指すドーナツに応用できるんじゃないかと思った。

カヌレのレシピを手に入れたい。流行っているのなら、専用の本も出ているかもしれない。ぼんやり考えていたら、大きな目がヌッと近寄ってきた。どうやら、萌さんは少し前からわたしに何か話しかけていたみたい。それにわたしは気付いていなかった。

わたしね、空気耳栓を持っているの。デブとかブタとか横綱とか、自分が傷つけられる言葉が飛んでくる気配を感じると、自然と、音を遮断できるんだ。すごい能力でしょう。ある意味、久乃さんたちからのプレゼントよ。

出た。何を言っているのかしら？　みたいなキョトン顔。その顔と同じ能力よ。わたしの空気耳栓は。まあ、いいや。時間の無駄だ。萌さんはこう言ってたの。

——服はどこで買ってるの？

息が止まりそうになった。自動的に空気耳栓をしていたことにも納得できた。その日のわたしはピンクの無地のブラウスと紺色のフレアスカートという出《い》で立ちだった。だいたい毎日、そういう恰好をしていた。大学に通うための、最低限のおかしくない服装だと自分では思っていた。

なのに、購入場所を訊かれるのは、明らかに、似合ってないと言われているのと同じでしょう？

素敵な服だと思って、自分も同じものを買いたいから訊ねた？　同じ質問でも久乃さんに対してならそうだろうけど。

わたしによ。横綱八〇キロの横綱八重子に。久乃さんが一番よく知っているわたしの姿を思い浮かべて話を聞いてよ。

六四キロじゃないのか？　本気でムカついてきた。そんなの、通過点よ。あなたたちにとってはすごい数字だったとしてもね。

わたしは萌さんに、特に決まった店はないと答えた。はっきり言えてたかは自信がない。でも、彼女はそんなことはどうでもよかったの。彼女はこう続けた。

——わたしのお姉ちゃんが東京でデザイナーをしているのだけど、今度、こっちに帰ってくるから一度会ってみない？　八重ちゃんに似合う服がたくさんあると思うんだ。

やっぱり、勧誘だった。高価な服を買わされる。ついでに宝石も売りつけられるかもしれない。でも、彼女の言葉の中で一番ひっかかったのはそこではなかった。

八重ちゃん。それまでの人生において、わたしをそんなふうに呼んでくれる人は一人もいなかった。みんな、横綱さん。下の名前で呼ぶのは家族だけ。それも、八重子。祖母でさえ、呼び捨てだった。

そのうえ、萌さんは、自分のことはメグと呼んでほしいとまで言ってくれた。他人を呼び捨てにするのなんて、初めてだった。しかも、愛称で呼ぶなんて。ドラマやマンガの中では当たり前のこと。クラスの中でも当たり前のこと。でもそれは、わたし以外の人にとって。本当にそんなことをしてもいいのだろうか。わたしは確認するように訊ねた。

――わたしにそんな権利はあるの？

萌さん、メグは初め驚いたような顔をして、そのうち笑い出した。

――おかしいよ、そんなことに権利なんて。マジメだなあ、八重ちゃんは。ていうか、ヤエと呼んでよろしいでしょうか、教官！

メグはそう言って、敬礼をした。そのしぐさがかわいくて、おかしくて、わたしも敬礼して言ったの。

――よろしい！　許可する！

高額なダイヤモンドを買わされてもいいと思った。こんな幸せな気分にしてもらえるのなら。

その週末、わたしはメグの実家に行った。メグは学校も自宅から通っていた。ブランド品のバッグをさりげなく使いこなしていたから、お金持ちなんだろうなと思っていたら、その通りの家だった。久乃さんの家と同じくらい。

お母さんがヨガ教室をやっているとかで、平屋のスタジオのような離れがあって、わたしはそこに通された。ちょうど、お姉さんが大きな段ボール箱からラックに洋服をかけているところだった。でも、メグの家で会ったからお姉さんだとわかったけど、よそで会ったらまったく結びつかないほど、二人は似ていなかった。ううん、顔はよく似ていたんだ。

違うのは体型。ものすごく背が高いの。メグやわたしより、頭一つ分。

バレーボールの選手だったと聞いて、納得できた。しかも、オリンピックの代表選手だったみたい。いつの時だったかな。サーブを一回打っただけなんだけどね、って謙遜されたけど、そういう次元じゃないでしょう。

すごい人に対面してしまったんだって、全身かちこちになって、挨拶もろくにできなかった。そんなわたしにお姉さん、千佳《ちか》さんが言ったの。

――服はどこで買ってるの？

姉妹で同じ質問。そのうえ、千佳さんはこうも続けた。

――もったいないなあ。

わたしはその日、グリーンのチュニックに黒いパンツを合わせていた。痩せては見えないけれど、自分の体型と合っていないとは思わなかった。むしろ、チュニックなんて、自分のような体型の人御用達《ごようたし》だと信じていた。

――八重ちゃんは、自分は何を着ても似合わないと思い込んでいない？

千佳さんからついに、似合わない、という言葉まで出た。そりゃあ、あなたのようなモデル体型の人は、何を着ても似合うでしょうよ。そんなふうに腹も立ってきた。そんなわたしを見て、千佳さんはちょっと待っててね、と言って、なんと、その場で服を脱いだ。それから、その時まで着ていた服とよく似たデザインのカットソーとパンツに着替えた。

――どう、素敵？

千佳さんは腰に手を当てて、モデルのようなポーズを取ってわたしに微笑んだ。その姿を見て、わたしは首を捻った。素敵、じゃない。カッコよく、ない。

――本当のことを言っていいのよ。野暮ったく、太って見えるでしょう？

千佳さんの言う通りだった。千佳さんは続けた。

――人生の大半をバレーボールに打ち込んできたからね。高校はS商業。全国大会三年連続優勝した実績もある強豪校よ。監督は、自身も日本代表メンバーに選ばれた人で、何十年も前から「パワーバレー」を提唱し続けてきた。簡単に言うと、練習時間のほぼ半分が筋トレに費やされていた。ウエイトリフティングの大会に出ても、そこそこの成績を収められるんじゃないかってくらい。だから、ほら、肩も太ももも、見事なものでしょう？

その二カ所が鍛えられているのは、パツパツになった服の張りで一目瞭然だったから、わたしは頷いた。

——……って、バレちゃダメなのよ。そんな服は服である資格なし。

そう言うと、千佳さんはまた服を脱ぎ、最初に着ていたカットソーとパンツを身に着けた。

あれ？　と思った。千佳さんがシュッとひとまわり細長くなったように見えたから。

——どう、素敵？

わたしは無言のまま、首を大きく振って頷いた。千佳さんは嬉しそうに笑うと、わたしの正面、ヨガスタジオの柔らかいフローリングの上にあぐらをかいて座った。そうやっても、膝がパンツの生地を圧迫しているふうではなかった。体の動きにそって、生地が流れているように見えた。

——スポーツに打ち込んでいる人はオシャレに無頓着、なんて思われがちだけど、そんなことない。わたしは昔から、かわいい服を着るのが好きだった。だけど、鍛えれば鍛えるほど、自分が着たい服が似合わなくなっていくの。それでも、スポーツで結果を出せているうちは、そんなことどうでもいいと思えたんだけどね。肩を壊して、引退したあとの虚しさったらもう。ゼロになったんじゃなくて、負債を抱えた気分。でも、わたしって昔から飽きっぽいから、一つのことを長々と悩んだりできないの。好きなことをやればいいじゃんって、服飾の専門学校に通うことにした。

わたしは改めて、スタジオ内に置かれたラックを眺めた。そこにかけられた色とりどりの服は全部、千佳さんが作ったものなのだろうか。

――前から疑問に思っていたことがあるの。服を選ぶ時って、どうしてスリーサイズが基準になるんだろう。バスト、ウエスト、ヒップのサイズがまったく同じでも、体型が同じだとは限らない。バストとウエストのサイズに合わせてトップスを選んでも、肩や二の腕が入らないこともあるし、ウエストとヒップのサイズでパンツを選ぶと、太ももが入らないこともある。じゃあ、肩や太ももに筋肉がついているのは悪いことなの？　努力の賜物《たまもの》なのに。他の部分だってそう。服に体を合わせるんじゃなくて、体に服を合わせればいいのよ。なんてことを思って、デザインの勉強をしたの。コンセプトは「スポーツ選手もオシャレを楽しもう！」よ。

わたしは千佳さんに見惚《みと》れていた。顔とか、スタイルとか、服とか、そういうことじゃない。人間としてかっこいいなあって。でも、千佳さんの服はわたしにはふさわしくないような気がした。わたしはスポーツだけじゃなく、何かを特別にがんばったことなんてなかったから。だから、言ったの。

――わたしにはそんな素敵な服を着る権利なんてありません。

千佳さんのイメージからして、笑い飛ばされるかと思った。メグがそうしたように。そうしてほしいような気もした。中途半端に同情されるくらいなら。勝手に上に立って手を差し伸べたつもりになっているような人が大嫌いだった。帰りの会で、横綱さんをヨコヅナと呼ぶのはよくないと思います、みたいな発表をする子。

だけど、千佳さんは笑いもしなかったし、同情じみたことも言わなかった。

——八重ちゃんはかっこいいよ。

真面目な顔でそう言うと、千佳さんはメグに、あれを取って、と頼んだ。メグが持ってきたのは、黒地に大輪の青いバラが咲き誇った模様のワンピースだった。デザインそのものはストンとしたシンプルなもので、ところどころタックが入っていた。

——これを着てみて。

千佳さんにそう言って渡されても、わたしは立ち上がることができなかった。花柄の服なんて着たことがない。

——もう、ヤエは腰が重いんだから。

メグに悪口ともとれるような言い方をされながら、腕を引き上げられて、わたしはしぶしぶ部屋の隅で服を着替えた。そこに、拍手の音が響いた。メグが嬉しそうに手を叩いていたの。

——ほら、やっぱり！

メグはそう言って、勝ち誇ったような顔で千佳さんを見た。千佳さんはわたしの方に駆け寄ってきて、肩や袖の辺りを調節して、一歩下がってわたしを眺めた。

——本当にかっこいい。想像以上だわ。

からかわれているのかと思った。だけど、メグに手を引かれて、鏡張りになっている壁の前に連れて行かれて、息をのんだ。ウエストラインにくびれがある。バカな感想でしょう。でも、まずはそれに一番感動したの。それから、全体に目が行った。腕もお腹もおしりも、どこも生地が突っ張るところがなく、かつ、立体的なシルエットになっている。

——ブルーローズが似合うよね。

メグに言われるまで、柄も気にならなかった。それどころか、模様が作るラインで、わたしの本来の体型とは異なる、柔らかくスラッとした曲線が出来上がっていることに気が付いた。

メグが靴を持ってきてくれた。三センチ程度のヒールなのに、ぐっと背が伸びたように感じた。伸ばしっぱなしの髪をその場でハーフアップにされると、首まで伸びたように思えた。米粒のような淡水パールの長いネックレスをかけられると、さらにひとまわり細くなったように見えた。

鏡の中の自分に見惚れているわたしの隣に千佳さんが立ち、そして、言った。

——八重ちゃん、来月のショーにモデルとして参加してもらえないかしら。

再び、わたしはかたまった。ショー？　モデル？　わたしの辞書というものがあるのなら、そんな言葉はどこを探しても載っていないはずだった。

千佳さんはわたしを解きほぐすように優しく説明してくれた。

来月、東京で新人デザイナーのコレクションが開催され、千佳さんも出場することになっている。モデルも全員手配済みだったけれど、一人、足を怪我《けが》してしまった。千佳さんのモデルはそれぞれ体型が違うので、怪我をしたモデルが着る予定だった服を他のモデルが引き受けることはできない。そこで、メグに相談したところ、詳しいサイズはわからないけれど、その服が絶対に似合う子がいると言われ、わたしが連れて来られた。まとめてみれば単純だけど、はいそうですか、って納得することなんてできない。だって、モデルよ。しかも、東京のショー。

それに、やっぱりわたしには素直に受け入れられないところがあった。

——この服のコンセプトは「デブでも似合う服」ってことですよね。

素敵な服を作った人にわたしはとんでもなく失礼なことを口にした。千佳さんに不快な様子はまったく見られなかった。だけど、少し怒っていたような気がする。

——デブでも、じゃない。この体型だから似合う服なの。金輪際、自分を卑下する意味でデブなんて言っちゃダメ。

そこにメグも加わった。

——そうよ、ヤエ。わたしがこの模様の服を着たら、完全にバラにのみ込まれちゃうの。生地だけが歩いている感じ。窓の端で束ねたカーテンが立ってるみたいなものよ。体型にケチをつけるとしても、ポイントが間違ってる。普段、下ばかり向いて丸くなった背中を、今みたいにちゃんと伸ばさなきゃ。

それが服のおかげなのか、いつもは見上げていたわたしの視線は、メグの視線とまっすぐぶつかった。ポーズや歩き方など、本番まで二人が全力でサポートすることを約束してくれて、わたしはショーに参加することになった。

人生の革命よ。

吉良千佳さんはわたしのあこがれの人だった。


何、久乃さん。お茶のおかわりがほしいの？

名字？　吉良よ。吉良上野介《こうずけのすけ》の、吉良。

わたしが久乃さんの訊きたいこととまったく関係ない話をしていると思っていたでしょう。途中、退屈そうな顔になってたもの。それが、吉良と聞こえた途端、目がカッと開いて、歌舞伎じゃないんだから。

千佳さんに出会った日、母屋での夕飯に誘われたけど、わたしは遠慮することにした。メグや千佳さんのご両親と会うのに緊張したというのもあるけど、靴を買いたくなったから。かかとの高い靴なんて、自分の体重を支えきれないと思い込んでいて、手に取りもしなかったけど、メグにはかせてもらった靴はそれほど足に負担がかからなかった。

歩く練習をしないといけないから、なんて自分に言い訳もしていたけど、もっと大きな意味で一歩踏み出せるものが欲しかったんだと思う。それを、記念となる日に買いたかった。

はいはい、靴の話は興味ないのね。

久乃さんがアレを持ってきていなければ、今すぐ追い返したいところだわ。

千佳さんのプライベートについて知ったのは、それからすぐあと。学校でもメグと一緒に行動するようになって、お昼ご飯を食べていた時かな。詮索《せんさく》しようと思ったんじゃない。千佳さんにあこがれる気持ちを勝手に口に出していただけ。

――美人だし、才能豊かなデザイナーだし、きっとモテるんでしょうね。

そう言ったら、メグが笑い出して。

――モテるも何も、お姉ちゃん、もう結婚しているよ。

だって。千佳さんが実業団の選手として所属していた会社の人で、千佳さんの大ファンらしく、追っかけをしていたのだとか。そんな話を聞いていたから、けっこう三枚目なタイプを想像していたのに、実際に会ったら、すごくカッコいい人で驚いた。背も千佳さんよりも高くて、お似合いの二人だった。

ショーを見に来ていたの。わたしにも丁寧に挨拶して、千佳の服の魅力を引き出してくれる人だと褒めてまでもらえて、わたしは千佳さんの夫、恵一《けいいち》さんに好意を持った。もちろん、千佳さんのパートナーとして。

ショーは大成功だった。モデルとしてわたしが充分な仕事ができていたかどうかはわからない。ランウェイは途轍《とてつ》もなく長かったという記憶があるだけ。でも、終了後、千佳さんの前にバイヤーの人たちの長蛇の列ができているのを見ると、自分も少しは貢献したんじゃないかと自信を持つことができた。わたしの写真を撮って帰る人もいたし。

もちろん、千佳さんからもどう反応すればいいかわからないほどの感謝の言葉をかけてもらった。

――ヤエのおかげ。ヤエがいてくれてよかった。

生まれて初めての言葉を、千佳さんはショーの時の鳴り止まない拍手のように、わたしに浴びせかけてくれた。

感謝すべきなのはこっちなのに。人生を変えるような経験をさせてもらったのに。わたしはその思いをどれだけも伝えられなかった。泣いてしまったから。ただ、ありがとうございます、を繰り返すだけで精いっぱいだった。

ずっとずっと、一緒にいたかった。

千佳さんたちは普段は東京に住んでいたから、ショーが終わると、会うどころか連絡を取り合うこともなくなった。時々、新作の服を送ってくれるくらい。

会えない方が幸せなんだって、その時は考えもしなかった。

だけど、以前のようにジメジメと過ごしていたわけじゃない。視線をいつも高くして、堂々と歩くことを意識した。そうしたらなんと、体重まで減っていった。

メグとはいつも一緒にいたし、祖母のことを話すと、ドーナツの研究も協力してくれた。わたしの狭いアパートで、二人でどれだけ小麦粉を練って、ドーナツを揚げたことか。食べ切れないから、学校で同じ学科の子たちに配ってた。

そうやって、他人に食べてもらっていると、腕も上達するし、些細な感想も大きなヒントになったりして、「倫敦屋」のドーナツに負けないようなのを作ることができた。

カロリーはそのままだけど、一つくらいなら大丈夫だろうって、実家に持って帰って祖母に食べてもらうことにした。認知症も始まりかけていて、わたしを見ても、誰だろうって首を捻ったのに、ドーナツを差し出すと、八重子おかえり、って言ってくれた。しかもね……。

――これは「倫教屋」のドーナツじゃないか。

そう言って、穴をのぞき出したの。嬉しかったな。その分、味で裏切ることになったらどうしようって心配にもなったけど、一口齧《かじ》って、ああおいしい、って。

それを孝行だと思うには、必死で介護をしていた母親に申し訳ないけれど、それでも、わたしは祖母にかわいがってもらった恩返しができたと満足していた。

就職は、地元に帰らず、神戸の総合病院にしたけれど、休みごとにドーナツを作って祖母に届けに帰った。カロリーオフのも作ってみたけど、それは、ぺッて吐き出すの。いろいろわからなくなっても、味覚は最後まで衰えていなかったんだと思う。

祖母は快復することなく死んでしまったけど、嬉しいニュースもあった。

千佳さんが妊娠して、里帰り出産するからって、実家に戻ってきたの。自分でデザインしたマタニティドレスもステキだったな。ベビー服もたくさん作ってた。

千佳さんの子は幸せものだなって、小さなドレスを見て心からそう思った。

千佳さんはメグからドーナツの話を聞いて、わたしにリクエストしてくれた。千佳さんの頼みだもん。たいして忙しくはなかったけど、それでも、最優先でドーナツ作りに励んだ。

喜んでくれたよ。

――ヤバい、赤ちゃんが、ドーナツでできちゃう。

そんなふうにも言ってくれた。わたしは自分の作ったもので、千佳さんの赤ちゃんが大きくなっていくことが嬉しくて、なんだか数パーセントは自分の子どもでもあるんじゃないかなんて、本気で思っていた。

生まれたのは女の子。羽が有る、と書いて有羽。目元が千佳さんによく似たかわいらしい、天使のような子だった。この子の成長を近くで見守ることができればどんなにいいだろうって、何度も一緒に過ごすところを想像してみた。

ベビーシッターとして、千佳さんに雇ってもらうことはできないだろうか。本気で考えて、何度そう口にしかけたことか。それを思いとどまったのは、千佳さんが今度はわたしの番だと言ってくれたから。

そうだ。他人の幸せのお裾分けをもらわなくても、わたしは自分で幸せを築くことができる。恋人はいなかったけど、メグが誘ってくれるグループの中に、気が合う男の子はいた。メグは大手のレストランチェーン店に就職していた。いつか、自分で店を持ちたい。よかったら、一緒にやらないか。そんなふうにわたしに声をかけてくれていた。

わたしはこれから何でもできる。いつまでも千佳さんを追いかけるのではない。肩を並べられるようになりたい。

なのに、あこがれの人は、三年後、故郷に帰ってきた。子どもを実家に預けて、闘病生活を送るために。入院先は、わたしの勤務している病院だった。

千佳さんに毎日会える。でも、わたしが求めていたのはこんな日々ではない。痩せ細っていく千佳さんを見たいのではない。

はあ？　病名？　いろいろ調べ回ったんじゃないの？

千佳さんの話は誰もしなかった。じゃあ、あの人には会ってないんだ。

有羽の父親よ。愛する妻の忘れ形見を醜く太らせ、死に追いやった悪魔のような女だって、あの人に聞いたから、わたしのところに来たのかと思ってた。まあ、あの人に会わなくてもわたしの悪評は、ネットを検索すればすぐに出てくるか。

一つ前は誰？

あの、わたしを虐待親認定したガリガリ教師ね。体の声を聞け、でしょ。いるのよね、あゝいう人。痩せてたり健康だったりするのは努力の賜物で、そうでない人は想像だけで怠け者扱い。しかも、えらそうに説教までしてくるんだから質が悪い。

規則正しい生活を送っていても、病気になる人はなるし、不健康な生活を送っていても、長生きする人はいるんだから。少なくとも、他人の見た目や健康に口を挟む権利なんか誰にもないんじゃないかな。

あるとしたら、医者やジムのトレーナーが、自ら足を運んできた人に対する時だけよ。その点で言えば、久乃さんは該当するね。

ドーナツを食べさせるな、って言われても、こっちはカレーやトンカツを食べたあとにドーナツを与えていたんじゃない。ドーナツしか喉を通らないって言うから、祈るような気持ちで……、あの時と同じ気持ちで、必死で作っていたのに。

祖母に作ってあげてた時？　違う、千佳さんよ。

千佳さんは癌《がん》だった。どこのとは言わない。手術をしたけど、結局、全身に転移してしまったから。若い人の方が進行が速いんですってね。日ごとに、千佳さんの体はやつれていった。スポーツ選手だったと思えないほどに。

固形のものは食べられなくなって、メグや千佳さんのご両親はよく、果物を持ってきて果汁を千佳さんに飲ませてあげていた。旦那、恵一さんも時間を見つけては東京から会いにきていた。高級な料亭やレストランが出しているレトルトのスープを持って。

——八重さん、これを頼む。

わたしはスープ温め係として認識されていたはず。いつもありがとうって、わたしにも東京のおいしいお菓子を買ってきてくれた。イモ羊羹《ようかん》とか、大福とか。夕飯を食べていなくて、ラーメン屋に誘われたこともある。

その日はわたしも忙しくて、一気に食べてスープまで飲み干したら、恵一さんはポカンとした顔でわたしを見ていた。大食いっぷりにあきれられたかと恥ずかしくなったけど、そうじゃなかった。

——気持ち良く食事をしている人を見ているだけで、こっちも元気をもらえるよ。八重さんは幸せのかたまりみたいな人だね。

嬉しかった。でも、絶対に恋心なんて芽生えていない。わたしが世界一尊敬する人は千佳さんだったのだから。

わたしは毎日、千佳さんの病室を訪れた。何かできることはありませんかって。花を飾ったり、世界中の素敵な景色を集めた写真集を買ってきたり。自分が選んだり、千佳さんからリクエストされることもあったり。

だけど、ある時、食べ物をリクエストされた。どんなに嬉しかったか、わかる？　それほどに、千佳さんの体は食べ物を受け付けなくなっていた。

――ドーナツを作ってほしいな。あれなら、フワッと、スルッと体に入っていきそうな気がする。そのうえ、エネルギーも湧いてきそうじゃない？

涙が込み上げてきたけど、グッとこらえた。ショーのランウェイに立った時みたいに、顔を上げて、笑顔を作った。

――おまかせください！

その夜、わたしはドーナツを作った。千佳さんが一日でも長くこの世にいられることを祈りながら、生地をこねた。もしも、この世に魔法が存在するのなら、このドーナツを癌の特効薬に変えたいと思った。心を込めて作れば本当にそうなるはずだと、自己暗示もかけた。

でも、いただきます、ペロリ、ってわけにはいかなかった。

きれいな箱に入れていったの。かわいいペーパーを敷いて。千佳さんは喜んで蓋を開けてくれて、香りを吸い込んで、おいしそう、って一つつまみ上げた。だけど、それが口まで行かないの。でも、わたしに遠慮してか、箱にも戻さず、とまどったふうに手を宙に浮かせていた。

だから、わたしもドーナツを一つ取って、目の前にかざしたの。

――祖母がドーナツでいつもこうしていたんです。会いたい人の姿を見ることができるんだって。食べるのはついでみたいなもんです。……どれどれ、かっこいい彼氏の姿が見えないかな。あっ、福岡正也《ふくおかまさや》だ。

当時好きだった俳優の名前なんかあげたりして。そうしたら、千佳さんもドーナツを目の高さにあげてのぞき出した。

――有羽が見える。大きくなって。何歳かな。周りの子よりもやっぱり背が高いな。でも、ちょっとぽっちゃりもして、かわいい。そうか、運動会なのね。すごい、一等賞じゃない……。

久乃さん、そこのティッシュ取って。

何？　久乃さんも一枚いるの。他人のことでも泣けるんだ。

今となっては、不謹慎な提案をしてしまったと思ってる。多分、見ることがかなわない未来の娘の姿を思い浮かべている千佳さんに、気の利いた言葉をかけられるならまだしも、泣くのをこらえて百面相みたいな顔しかできないなら、普通に「倫敦屋」の話でもしていればよかったのよ。

でも、千佳さんには有羽ちゃんの姿が本当に見えていたのかもしれない。言葉に詰まったあともしばらく、ドーナツの向こう側を眺めていたから。

それから、ほんのひと口、ううん、ひとかけら齧って、おいしい、って言ってくれた。だけど、それが千佳さんのために作る最後のドーナツ、とはならなかったの。

その二日後だったか、病室を訪れると、千佳さんにまたドーナツを作ってほしいって頼まれた。材料費を出すからとまで言われて、わたしはとまどった。まさか、未来を見るためじゃないよね、なんて心の中で思いながら。

——有羽のために。

そう言われた。実家で預かってもらっている有羽ちゃんも、ほとんど毎日、千佳さんに会いに来ていた。だけど、母親が痩せ細っていくのを見たせいか、もっと深く悲しいことを感じ取ってしまったのか、有羽ちゃんがご飯を食べなくなったんだって。どんなに大好物を用意しても、レストランに連れていってもダメで、家族も困り果てていた。

メグたちはそれを千佳さんに内緒にしていたけど、千佳さんは有羽ちゃんを見て勘付いて、心配していたみたい。

ところが、昨日病院に来た有羽ちゃんは、ドーナツをぱくりと二つも食べたんだって。

——ヤエのドーナツは魔法のドーナツなのよ。

千佳さんはそう言って喜んでくれた。詳しいことは聞いていないけれど、ドーナツがおいしかったからじゃなくて、千佳さんと有羽ちゃんは二人で望遠鏡みたいにドーナツをのぞいたんじゃないかと思う。で、千佳さんが言ったんじゃないかな。

ドーナツを食べるとのぞいた景色が現実になるよ、とかなんとか。そこはもう、二人の世界だから。

わたしはただ、ドーナツを作るだけ。千佳さんに、ありがとう、って言われて、自分は役に立てているんだ、恩返しできているんだ、と満足感を得ていた。だけど、あれこそがわたしが自己肯定できる人間になるための、千佳さんからの最後のギフトだったのかもしれない。だから、千佳さんとお別れしたあとは、ドーナツを封印しようと決めていた。祖母もいないし、もともと自分のために作っていたわけでもないから。

千佳さんは自分で作ったドレスを着て、天国に旅立った。深紅のバラをちりばめたようなドレス。お棺に花を入れて、ドレスが見えなくなってしまうのが残念なくらいに、安らかな顔で眠る千佳さんによく似合っていた。千佳さんは自分のためじゃなく、残された人たちが悲しくならないように、華やかなドレスを用意したんだと思う。

お茶を自分で淹れていいか？　じゃあ、ついでにわたしのも淹れてよ。

シュークリームもやっぱり開けよう？　勝手にすれば。いや、わたしも食べようかな。イライラして、お腹が空いてきちゃった。

でも、久乃さんからいただいたものなんて、わたしに食べる権利はある？

どうして、権利にこだわるのか？　そうよね。憶えてないよね。世の中、そういうふうにできているのよ。憶えているのは、傷つけられた側だけ。憶えているだけ損だってこともわかってる。だからって、簡単に忘れられるものじゃない。

サノちゃん！

どうしたの？　言わないの？

何が？　って、せめて、思い出そうとしてみてよ。わたしがそう呼んだあと、どう言われたのか。

わからない？　そうか、じゃあ、教えてあげる。

横綱さんにはそう呼ぶ権利はないから。

本当にイヤになる、そのキョトン顔。小六の時、修学旅行でわたしは久乃さんと同じ班だった。陰気で友だちのいない横綱さんを、クラスのリーダーの久乃さんが拾ってあげる。そんなふうな決め方で。

京都と奈良に行ったことはさすがに憶えているよね。修学旅行は出発前は憂鬱だったけど、天気もよくて、みんな解放感に満ち溢れていたせいか、意地悪なクラスの女子たちもいつもよりはわたしに親切にしてくれた。お菓子を交換してくれたり、写真を撮る時に、横綱さんもおいでよ、なんて声をかけてくれたり。

わたしは嬉しくて、少し気が緩んでしまったんだと思う。

夜、部屋で誕生日がいつかって話になった。わたしが包みに星占いが書いてあるキャンディを持ってきていて。みんなで、おとめ座だ、てんびん座だ、って盛り上がっていた。みんな、自分の星座のキャンディを欲しがった。だから、わたしは訊いたの。

――サノちゃんは？

前々からそう呼びたいと思っていたわけじゃない。ただ、同じ班のみんながそう呼んでいるから、とっさにそう呼んでしまっただけ。それなのに。

――横綱さんにはそう呼ぶ権利はないから。

そう。久乃さんが言ったんじゃない。いつも隣にいた志保さんが言ったの。でも、久乃さんはそれを否定しなかったでしょう。意地悪な発言は手下にまかせて、女王さまは微笑んでいるだけ。

わたしはあわてて、ごめんなさい、ってつぶやいた。うまく言えてたかどうかはわからないけど、みんなもうどうでもいい感じだった。志保さんが久乃さんに、サノちゃんは何座？って訊いて、久乃さんが、おひつじ座、って答えて、志保さんがわたしのキャンディの袋からおひつじ座をぶん取って渡した。それだけの話。それだけの……。

なのに、未だに根に持って、本当に陰湿よ。堀口くんとか、昔の同級生はわたしのことを明るくなったとか人付き合いがよくなったとか言ってくれたけど、根っこの部分は何にも変わってないんだ、きっと。

親友の姉の後釜に要領よく収まった恩知らず。千佳さんが生きている時から、旦那に媚《こび》を売っていた。痩せ衰えていく千佳さんの耳元で、毎日、呪いの言葉を吐いていた。せっせとドーナツを作り、まずは子どもを取り込んだ。

自分がもう一人いたら、平気でそんな書き込みをしていたかも。人間、そんな簡単には変われない。

わたしは千佳さんが亡くなった直後は、寂しくはあったけど、これまで通りに仕事をして、千佳さんが教えてくれたことを忘れないように、自分に合った服を着て、前向きに生きていこうとしていた。

だけど、ひと月後だったか、恵一さんから連絡があった。有羽がまったく食事を取ろうとしない、って。八重さんのドーナツを食べたいって言ってる、って。二人はすでに東京に帰っていたから、わたしはドーナツを作って宅配便で送った。差し出がましいとは思ったけれど、カボチャコロッケとか春巻とか、野菜を使った日持ちするおかずも作って、一緒に。

そうしたら、届いた日に恵一さんから連絡があって、有羽がちゃんと食べた、ありがとう、って言ってくれた。有羽ちゃんも電話に出て、ごちそうさまでした、って。それからは、冷凍保存できるおかずなんかも作って、定期的に送ることにした。

そのうち、温かいできたてのものを食べてほしくて、週末、東京まで出かけていくようになった。有羽ちゃんの誕生日には一緒にケーキを焼いたし、恵一さんが昇進した時には三人ですき焼き鍋を囲んでお祝いした。

仕事をやめて、こっちで一緒に暮らそうと言われたのは、千佳さんの三回忌が終わったあとだった。亡くなって二年。わたしは決して短いとは思わなかった。それに、プロポーズされたわけじゃない。近くに住んで家政婦として通ってほしいって頼まれたんだから。それで、すぐに決心がついたとも言える。

千佳さんを裏切るのではない。むしろ、千佳さんの忘れ形見の有羽ちゃんを、大切にお世話することができる。千佳さんがドーナツの向こうに思い浮かべた有羽ちゃんの姿をわたしが見せてあげなければならないんだ。

そんな使命感に燃えていた。でも、メグはそう受け取ってくれなかった。裏切り者って、平手打ちされて、絶交。有羽はうちで引き取ればよかった、とも言われた。

それは、今となっては、そうした方がよかったんじゃないかと後悔している。

だけど、その時はあまり落ち込まなかった。わたしには恵一さんと有羽ちゃんがいる。ああ、これが裏切ったということなんだって、今ならわかる。恵一さんが好きっていう気持ちを感謝とか使命感という言葉で塗り隠していただけだから。

プロポーズしてもらえたのが、それから二年後。恵一さんは長期のアメリカ赴任が決まって……、有羽ちゃんが負担になったから、わたしと結婚しようと思ったんだろうけど、あの時はそんなこと、考えようともしなかった。

ただ、幸せだと感じていた。千佳さんのことを、あまり考えなくなっていた。それが意識的にか無意識的にかは、もう思い出せない。これも、後ろめたさの証拠よね。

恵一さんのアメリカ赴任に合わせて、わたしは有羽ちゃんを連れて、こっちに帰ってくることにした。母親が入院することになって。東京にもうまくなじめなかったし、成人式で再会した同級生の印象が、想像以上に悪くなかったから。

そして、有羽ちゃん、ううん、わたしの娘、有羽と二人の生活が始まった。

ちょっと、久乃さん、どうしてシュークリームの箱を冷蔵庫に戻したの？　勝手に開けないでよ。

ドーナツを作ってほしいって、急にそんなことを言われても。材料もないし、手間もかかるし、そもそもわたしが久乃さんのためにそんなことをしてあげる筋合いはないでしょう。

サノちゃんと呼んでくれ？　このタイミングで言う？

本当に、志保がそんな言い方をしたことに気付いていなかった？　頭の中ではいつも別のことを考えている、なんて、たとえば？

紛争地の難民の子どもたちについて？　そうか、昔から家の人がボランティア活動を熱心にやっていたんだっけ。そりゃあ、自分は世界平和について真剣に考えているのに、目の前で同級生がつまらないこと話していたら、遮断したくなってもおかしくないか。

ある意味、わたしの空気耳栓と同じじゃない。

いや、人間のスケールが違うんだ。

でも、久乃さん。有羽の話はちゃんと聞いてくれたんでしょう？

権利はもういい。サノちゃんって、今はわたしがそう呼びたくないの。でも、ドーナツは作ってあげる。

だから、そろそろ、有羽の声を聞かせてよ。

あの子が、あなたに何を語ったのかを――。

第七章

あるものないもの

吉良有羽のカウンセリング（録音）より

体重は現在、一三八キロです。

膝を痛めているので、激しい運動はできません。でも、できたからといって、あたしには効果ないかもです。中一から始めたダンスの部活は、かなり練習きつめだったし、朝も自主練やってたけど、その頃から太ってたもん。

いや、太っていたのは小学生の頃からか。小三の春に、お母さんと二人で暮らし始めてから。新しいお母さんと、新しい土地、しかも、東京からすごい田舎へ。どこだかは内緒。どうせ、先生に言ってもわかんないもん。だけど、ストレス太りなんかじゃない。むしろ、本当のママを亡くして、悲しくて心を閉ざしていたあたしにとっては、空気の澄んだところでリハビリをしているようなもんだった。

ほら、ハワイとか、南の島の人って太っているでしょう。でも、いつも笑顔。高級料理ばかりを食べているんじゃない。イモとかバナナとか、自然にできたものを、あまり手を加えずに、食べたい時に食べたいだけ食べている。

たぶん、そういう人たちと同じ太り方をしてきたんだと思う。幸せ太り？　それって新婚の男の先生が急に太った時に言われていたから、ちょっと違う気もするな。

もっと自然なイメージで、ナチュラルデブ？

中学の時に、南の島の人たちのことを自由研究で調べたことがあるんだけど、食べて寝ているだけの生活じゃないの。ちゃんと仕事もしているし、けっこうな距離を歩いて移動もするし、男の人だと、夕方に近所の空き地でラグビーをやったりもする。だけど、太っているじゃない。あれと同じだよ。

運動不足で太ったわけじゃないの、あたしは。

健康的な太り方？　そうそれ。何ですぐに出てこなかったんだろう。よくそう言われていたのに。

そもそも、どうしてみんな、太っていることが悪いって決めつけるの？

中一の担任の女の先生は太ってたけど、何にでも一生懸命なステキな人だった。なのに、生徒からいじられて落ち込んでいたから、かわりに文句を言ったことがある。

不健康なガリガリよりも健康なデブの方が一〇〇倍カッコいいじゃん、って。

反論？　されないよ。いざとなったら、あたしの方が強いんだから。弱いヤツほど強がるの。それで、いさぎよく謝るならまだしも、ニヤニヤとへんな笑い浮かべて、バカな言い訳するんだよ。

——やだなぁ。人気のない先生を、いじってあげてるだけじゃん。いじられるって、おいしいでしょ。

本当にバカ。こんなヤツらばっかだから、世の中、少なくとも日本じゃ、まともな子が必要以上に顔や体型のことを気にしなきゃならなくなるんだ。言っとくけど、あたしは「いじり」を否定しているんじゃない。お笑い番組は好きだし、いじられてる芸人を見て、笑うことだってある。

そこで、久乃先生に質問。いじりに一番大切なことってなんだと思う？

ユーモア？　ダメだな先生。教育の討論番組にも出ているくせに。ていうか、美容外科の先生としても、わかってなきゃいけないことじゃないかな。間違った外見いじりをされて、ここに辿り着く人って、結構、多そうだもん。ブスやデブを笑いにかえられなかった人が集まってるとでも思ってるの？

いじりっていうのは、いじられた側に得がないと、そう呼んじゃいけないの。いじった側がおもしろいことを言ってやったって悦に入ってるだけなら、それはいじめ。自分の気分を良くするために、他人の尊厳を踏みにじってるんだから、そう認定して当然でしょう？　でもね、そんなふうに責めたら、何て言い返すと思う？

マジに怒ることないじゃん？　ああ、先生って、本当にダメ。その外見じゃ、いじられたことないんだろうなとは想像できたけど、いじったこともないんだなって、安心した。いや、もしかすると、天然で何かやらかしてそうだけど。でも、逆に信用できる。

——本当のことを言っただけなのに。

そう言うの。最悪な場合は被害者面して。自分がいじめられてるかのように。急に、弱者ぶるの。他人をおもしろがって貶めていたくせに、自分はまったく悪くないって開き直る。世の中、そんなヤツらばっかり。いじるとか、そういうことじゃなくても、無神経な言葉を垂れ流すヤツもいっぱい。覚悟もないし、責任も取らないのに。

あーあ、何の話だっけ。それより、喉渇いたんだけど、ここって持ち込みオッケー？

冷たい水？　お気遣いなくです。コーラ持って来てるんで。ぬるくても大丈夫。そっちの方が好きだから。

飲み物はいつもそれなのか、って？　そういうわけじゃないけど……、確かに、これはイメージ戦略として、あたしの失敗。脂肪吸引のカウンセリング中にコーラ飲むデブなんて、アメリカのコントみたいだよね。ごめんなさい、やっぱりお水ください。

汗もこんなにかいちゃって。エアコン、もう少し温度下げてもらえますか？

ああ、落ち着いた……。

この状態でも、健康な太り方だと思っているか？

今、不健康だって言われた？　あたし、内臓系の病気はないし。筋肉か脂肪かってことなら、脂肪の方が増えたかもしれないけど、それって何か問題ある？　それとも、膝のこと？

普通に歩くくらいなら平気なんだけど。

膝の問題だけじゃない？　萌さんは先生にあたしのことをどう報告しているの？　予約入れてくれるだけでよかったのに。何か勝手にあたしのこと相談していない？

ママが死んでからずっと音信不通になっていたのに、急に連絡を寄越してきたと思ったら、こんな酷い姿になって、とか言って泣き出したんだよ。

酷い、ってその言葉が酷くない？

確かに、不健康な要素はある。あたし、引きこもりだもん。高校も不登校になって中退したし。じゃあ、学校に通うなり、アルバイトするなりして外に出ていればいいの？　でも、そうするとまた、お母さんが虐待親扱いされるわけよね。

デブを放置しているって。

離れて暮らせばお母さんが責められることはなくなる、って父親らしき人？　あいつに説得されて、お母さんを向こうに残して東京に来たのに、あたしを見る度に、有羽をこんな目に遭わせて、なんて、お母さんを責めるような言い方するし、あたしが何か食べていると、やっぱり洗脳されているんだな、とか、おかしな言いがかりまでつけ出すし。

洗脳されたのはあんたの方だよ、ってあいつに言ってやりたい。

誰に？　おせっかいな高校の担任。アメリカかぶれで、先生じゃなく、留学時代のあだ名で呼んでくれって言ってたけど、そんなフラットなタイプじゃない。頭はガチガチ、体はガリガリ。

みんなから……、ううん、あたしは嫌いだった。そうなのかな。あたし、これまでの人生で、嫌いな人ってあまりいなかったの。自分の性格の良さをアピールしてるわけじゃないよ。

誰にだっていいところがあるはずだから、それを探せる人になりたい。嫌われている人なら、なおさら探しがいがあるんじゃないか。そんなふうに考えていたけど、あの先生のいいところなんか何も思いつかない。

相性が悪かったのか、波長が合わなかったのか。納得できない言動ばかり。

夏休み中、金髪にしてた子が、二学期の始業式にはちゃんと黒く染め直して登校してきたのに、「あなた、髪の色が不自然に黒いけど、休み中に染めていたでしょう」なんて言って、生徒指導室に連行するんだから。

休み中も本校の生徒であることには変わりありません！　って目を吊《つ》り上げて怒っちゃってさ。

自分なんか、二重に整形しているくせに。

美容に興味がなくても気付くよ。あの目は不自然だって。

目と眉毛の真ん中にくっきりした横線が入ってる二重なんて、他で見たことないもん。太っていて瞼がたるんでる人ならともかく、骨と皮しかないような顔に、おかしいでしょう。

それに、あの先生は厳しいだけじゃない。

わたしはあなたたちとは違うんです、みたいな態度を生徒だけじゃなく、他の先生たちの前でも取るの。常人では耐えられない修羅場と悲しみを乗り越えてきたんだって。噂話じゃない。本人がそう言ってたんだから、授業中に。

おしゃべりしている子がいれば、静かにしなさい、でいいじゃない？　なのに、クドクドした演説が始まるの。

——あなたたちにとっては授業よりも大切な話かもしれませんが、わたしにとってはどんな内容であろうと、カラスがカアカア鳴いているようなものです。そもそも、親からも社会からも守られているあなたたちに、どんな深刻な悩みがあるというのですか。わたしは大学時代、留学先のアメリカで、常人では耐えられない修羅場と悲しみに遭遇しました。だけど、自分でそこを乗り越えてきた。体の声にじっと耳を澄ませながら。それよりも、自分たちの悩みの方が深刻だというなら、授業中であろうと、お話ししてもらってかまいません。まずは、わたしを納得させてからですけどね。

途中から、ものまね入っちゃった。けっこう似ていたと思う。こういうの、職員室でも言ってるんだろうね。だから、鬱陶しくってみんなから無視されるようになる。授業中も静かなもんで、先生はそれにも勘違いして、調子に乗っていたはず。自分は指導力のある教師だって。

あの先生には深くかかわるな。自分でそう思っていてもダメ。あたしは目を付けられてしまった。

ちゃんとおとなしく授業を受けてたし、テストの点も悪くなかったし、校則違反もしたことなかったのに。

太ってる、ってだけで。

こんな理由で生徒指導会議にかけられる子なんている？　確かに、膝が痛むようになってから、あたし史上、急速に体重が増えたことは認める。あたしに関しては、体重と運動量はまったく関係ないってさっきも言っちゃったけど、それなりに運動がくい止めていた部分もあったんだって思う。でも、それは指導室に呼ばれるようなことじゃない。

あたしは何も悪いことなんかしていないんだから。

ずっと黙っていてやろうって決めた。黙秘権よ。多分、先生は演説がしたいだけなんだろうって思ってた。それなら、気がすむまでしゃべらせてあげればいい。生贄《いけにえ》は一日で終わるだろうって、楽観的に構えてた。

でも、先生は演説なんてしなかった。最初から、あたしには深い事情があることを前提に、ほら、常人では耐えられない何とかよ、少しずつでもいいから打ち明けてほしい、なんて言うの。なんとなく、同情されている雰囲気で。それって、あたしが可哀そうな子に見えるってことでしょう？

バカにしないで！ って思った。自分には洞察力があるとでも信じているわけ？ って。

黙秘権は中止。思いっきり幸せそうに答えてあげることにした。だって、あたしには不幸なことなんて何もなかったんだもん。少なくとも、あの時は。

――お母さんの作るドーナツがおいしくて。

笑顔でそう答えた。実際、ウソじゃないし。お母さんのドーナツがおいしいことは、同じ中学の子はほとんど知っていたし。文化祭の人気商品だったんだよ。

ただ……、食べる量は増えてた。

何か、ストレスになるようなこと？ あいつ……、父親が帰ってきたことかな。アメリカに単身赴任していたの。そうか、先生がいくら萌さんからの紹介だといっても、この辺はちゃんと説明しなきゃいけないのかな。

あたしの家庭の事情？

まず、あたしの本当の母親、ママはあたしが四歳の時に癌で死んだの。お母さんはママの妹、萌さんの友だちで、ママとも仲が良かった。というよりは、お母さんがママのことをものすごく慕っている感じで、あたしにも優しくしてくれていた……、みたい。萌さんの話によると。あたしもけっこう憶えてる。

ママは東京から実家の近くの神戸の病院に移って入院することになった。ママは日ごとに瘦せていった。あたしはその頃、ママの実家に預けられていたんだけど、おばあちゃんや萌さんがいくら、ママはすぐに元気になるからね、って言ってくれても、ママの姿を見ると、それを信じることができなかった。

死ぬって感覚はよくわからない。だけど、瘦せ細って、いつか、消えてなくなってしまうんじゃないかって、怖くなっていた。気が付くと、自分も食事が喉を通らなくなるくらいに。

そんなある日、ママの病室に行くと、ものすごくいい香りがした。甘い、ホットケーキの上でバターがとろけたような。その香りは、ベッドの横の棚に置かれた箱から流れてきていた。普段のあたしは、何かを食べる時も、遊ぶ時も、ちゃんとママに確認してからだったのに、その時はまるで催眠術にかかったかのように、箱に手を伸ばして蓋を開けてしまった。

そうしたら、丸い、お砂糖のかかった、真ん中をくりぬいたパンみたいなのが入っていた。あたしはそれをドーナツだとは思わなかったの。あたしが知っているのは、チェーン店で売ってるチョコレートがかかっていたりするアレだったから。

でも、名前なんてどうでもいい。真ん中の穴が、そこに指をかけてくださいって言ってるように思えた。それで、ひょいとひっかけてパクッとかじったら、息をのむ音がした。

ママが驚いた顔であたしを見ていたの。おばあちゃんも、萌さんも。

とっさにあたしは、ごめんなさい、って謝ったけど、みんなが、そうじゃないんだって言うように首を横に振った。ママに、全部食べていいのよ、って言われて、あたしはまた手に持っていたものをかじった。いいよ、って言われたらもう止められない。あたしは全部食べきって、手についたお砂糖まで舐めた。

——愛情いっぱいの手作りドーナツよ。

ママにそう教えられて、あたしはチョコレートのかかっていないそれもドーナツと呼ぶことを知った。むしろ、こっちが本物のドーナツなんだって教えてくれたのは、おばあちゃんだっけ、萌さんだっけ。

それからママはお母さんにドーナツをお願いするようになった。二人で一緒に食べようね、って。だけど、ママが食べているのをあたしは見たことがない。

ドーナツを目の高さに持っていって、望遠鏡みたいにしてのぞいているだけ。あたしはママに何をしているのか訊ねた。

——ドーナツはおやつだけじゃなくて、魔法の道具でもあるのよ。

ママはそう言った。ドーナツの穴越しにあたしを見ながら。ママは続けた。

——自分の見たい景色を思い浮かべて、穴の向こうを見るの。それから、そのドーナツを食べると、穴の向こうに描いた景色が現実のものになる、つまり、お願いが叶うんだけど、ママはドーナツを食べられないから、有羽が食べてくれる？

それは、ママのお願いを有羽が叶えてくれる？　と言ってるように聞こえた。多分、ママはそうやってあたしに食べさせようとしていたんだろうけど、本当に願掛けの気持ちもあったんじゃないかな。

ママはドーナツの向こうに、元気になった自分の姿を思い描くことはなかった。食べる前にいつも訊いていたの。何が見えた？　って。そうしたら、運動会のかけっこで一番になった有羽が見えたとか、たくさんの友だちに囲まれて笑っている有羽が見えたとか、大きくなってママより美人になった有羽が見えたとか、あたしのことばかり。

それでも、あたしはドーナツを食べた。そうしたら、あたしが大好きなママの笑顔を、ドーナツの向こうに思い描かなくても、直接、見ることができたから。

穴の向こうにママの姿を見るようになったのは、ママが死んでしまってから。

それから四年後に、あいつはお母さんと再婚して、半年も経たないうちに、あたしはお母さんとお母さんの生まれ故郷で暮らすことになった。

すっごい田舎。遊びに行くところがコンビニしかないような。

あいつは単身赴任が決まって、アメリカに行った。

一緒に？　なんか、会社の決まりで、家族で行くと最低でも一〇年そこに勤務しなきゃならないけど、単身赴任だと最低五年ですむから、一人で行くことにしたって、あいつがお母さんに説明してたのを憶えてる。

お母さんは、英語が苦手だからホッとした、なんて笑ってたけど、本心はどうだったんだろう。言ってくれないの、あの人は。

あたしのことも本当はどんなふうに思ってたんだろう。でも、そんなことを考えるようになったのは、ここ一年くらいで、それまでは、そんな疑問が入り込む隙間がないほど、本当に大切に育ててもらったんだよ。ドーナツだけじゃない。料理全般が得意で、何を食べてもおいしくて、お母さんが作ったものを残したことは一度もない。

これが、ママとの最後の約束だったからね。

まあ、こんな込み入った事情はあの先生には話していないけど、太った原因が愛情たっぷりの手作りドーナツだってわかれば、納得してくれると思ったの。ストレスによる暴飲暴食とか、家でごはんを作ってもらえず、ファストフードにばかり通っているとかいった、不健康な理由で太っているんじゃないってことは伝わると思ったから。

だけど、全然ムリだった。先生は頭の中までガリガリに干からびていて、他人の言葉なんて入る隙がないんだよ。家の人にも話を聞きたいとか言い出して、とにかく、あたしが痩せないと納得できないみたいだった。

確かに……、話が戻るけど、ドーナツを食べる量は増えていたんだよね。実際、ストレスになることが起きたから。

あいつの帰国。四年も延長して九年間、一度も帰ってこなかったし、お母さんやあたしを夏休みとかに遊びに呼んでもくれなかったのに、あたしの姿を見るなり、ほうっておいて悪かった、なんて言うの。

有羽をあの女に託したのは失敗だった、って。最低。あいつにとって、お母さんはただのあたしのお世話係だったんだよ。

だから、あたしは闘うことにした。いや、体が勝手に戦闘態勢に入ってしまった。お母さんが作ったもの以外は食べない、って。そうなると痩せそうでしょう？　でも、逆なの。お母さんはあたしの様子がおかしいことに気が付いた。市販のお菓子やパンに手を付けないあたしを見て、最初はダイエットを始めたと思ったみたい。好きな男の子でもできたの？なんて訊かれた。

好きな男の子はいたけど、彼は太ってるあたしのことを気に入ってくれているようだったから、彼のために痩せたいなんて思ったことはない。というより、あたしはダイエットしたいと思ったことがない。

あの田舎で、あたしは転校生だったのに、体型のことでからかってくる子なんかいなくて、みんなが親切にしてくれた。太っていることがマイナスになったことなんて一度もない。

いや、あったか。中学の体育祭で、一緒に二人三脚をやった男の子に怪我させちゃったの。転んで、あたしが押しつぶす感じになって。でも、笑って許してもらえた。ついでに好感度も劇的にアップして、好きになっちゃった。

あたしに痩せなきゃならない理由なんて何もない。むしろ、太っていることが嬉しかった。お母さんと同じだから。お母さん、ぽっちゃり体型なの。

悪気はないんだろうけど、お母さんに似てないね、って普通に言われることはよくあった。仕方ないよ。血がつながってないんだから。さすがにそれをオープンにできるほど、あたしのハートは強くない。

でもね、そういう話になると、勝手に口を挟んでくれる子がいるの。こっちはちょっとからかう感じで。体型は似てるけどね、って。あたしはそれが嬉しかった。同じ体型でいれば、あたしとお母さんは本当の親子に見られる。

ああ、そうだ。答えは簡単だったんだ。あたしはお母さんと親子でいるために、ドーナツを食べていたの。

ダイエットなんてしていない。たくさん作ってほしいとねだったのは、お母さんと一緒にいたいから。だって、あんな優しい人はいないもん。

ママが死んで、あたしは毎日、泣きながら過ごしていた。そんな時、お母さんは、まだお母さんじゃない時から、あたしにドーナツやおいしい料理を作ってくれた。宅配便で送ってくれることもあったし、わざわざ、飛行機に乗って来てくれることもあった。

お母さんも、ママがやっていたようにドーナツの向こうをのぞいていた。どうして知ってるの？　って訊くと、少し考えるような顔をしてから、ママに教えてもらったんだって返ってきた。ママにはいろんなことを教えてもらったの、ってお母さんは目を細めながら穴の向こうを見ていた。

ママが笑ってるよ。あたしにそう言って、ヘンな顔で笑ってるの。涙がこぼれるのをガマンして、必死で顔をゆがめていたんだろうね。

そのうち、法律上にもお母さんになってくれて、あたしを大事に育ててくれた。

夜の病院に、何度、おんぶして連れていってもらったか。

健康アピールをさんざんしたあとで矛盾しているんだけど、あたし、小学生のあいだはよく夜中に熱を出していたの。さすがに、その翌日はドーナツじゃなくて、おかゆとかりんごのすりおろしなんだけど、元気になったらドーナツを作ってあげるね、って、いつも、お母さん、言ってくれてた。

なのに、世の中はお母さんに厳しい……。

あたし、学校で呼び出されたあと、痩せなきゃってがんばったんだけど、体を動かし過ぎて、かえって膝を悪くして、足首まで痛めて、前より、体を動かせなくなったのね。

デブのプロとして、あたしは自分の体の動かし方もわかってた。なのに、これ以上負担をかけたらやばいかもって予感はあったのに、追いこんでしまった。その結果、痩せるどころか、ダンス部も休まなきゃならなくなって、あたしにはもう食べることでしかまっすぐ立っていられなくなって、ますます太った。

そしてついに、先生が家に来た。

なんだろう、あの態度。あたしは隠れて見ていたんだけど、挨拶とか何もないの。テレビで見る、現行犯逮捕みたいな感じ。

——あなた、ご自分が娘さんに何をしているのか自覚があるのですか？

キンキン尖《とが》った声で、大人相手に、いきなりそんな言い方する？　たとえば、玄関に出たのが父親だったら同じ態度を取っていた？　ううん、別の母親にだってそういう言い方しないと思う。

久乃先生って、子どもの頃、同じクラスに太った子がいた？

小、中、といたのね。いじめられてたでしょう？

先生じゃない、勘弁してよ。その太った子が。

いじめとは言わないかもしれないけど、からかわれていた？　ああ、先生にそう見えていたなら、けっこうないじめられ方をしていたってことだわ。

太っていたからでしょう？　あと、陰険なイメージがあったんじゃない？

あったのね。やっぱり。でもね、言っとくけど、お母さんはそういうふうじゃないから。

あ、少し訂正。去年くらいまでは。

明るくて、おしゃれで、人の悪口とか絶対に言わないかっこいい人。ちっともおどおどなんてしていない。でも、時々、一〇〇パーセントそういう性格ってわけじゃないんだなと思わされることはあった。そのくらい別にいいじゃん、って思うことを、ものすごく気にするの。

一番酷かったのは、あたしが体育祭で男の子に怪我させちゃった時。ちょっとした打ち身とかすり傷なのに重傷を負わせたかのように、どうしよう、どうしよう、っておろおろしていた。相手の父親がお母さんの同級生で、すごく気のいい人だったから、なおさら、どうしてお母さんがそこまでうろたえる必要があるのか、理解できなかった。

でも、多分、人一倍、周りの顔色を窺《うかが》わなきゃならない時期があったんだろうなって予測できた。そういう子が周りにいるもん。

その子だけが特別なことをしているわけじゃないのに、にらんだとか、えらそうとか、空気が読めてないとか、陰口言われてしまう子が。陰口言うヤツは大概が、何のとりえもないくせにいばっていて、どうにかして自分の下に誰かを置いて優越感に浸ろうとしている残念なタイプ。

自己評価ばかりが高いから、周りが自分を認めてくれないことにイライラしているの。そういうヤツらのアンテナは、自分より気の弱そうな子をすぐに察知する。そこで、勘違いスイッチが発動。

こいつには、何を言ってもいい。どんな態度をとってもいい。

それが、先生のお母さんに対する態度だった。でも、お母さんには武器があった。管理栄養士の資格が。まあ、先生は自分の、体の声を聞く、っていうことの方が上だって信じてそうだったけど。

先生が今度は医者とか警察とか役場の人とかを連れてきたらどうしよう。そう思うと、あたしは学校に行くことができなくなってしまった。

あたしが太っている限り、お母さんは虐待親として扱われてしまう。

でも、そんな虐待なんてある？　テレビやネットで虐待のニュースは毎日でも知ることができるけど、子どもを太らせる虐待なんて聞いたことがない。先生がおかしいんだって思ってた。

なのに、まるでそれを裏付けようとするかのタイミングで、萌さんから連絡があったの。東京の父親を経由して。おばあちゃんの具合が悪いから会ってあげてほしい、って。お母さんとは確執があるとかで、内緒で来るように言われて、あたしはパパのところに泊まりに行く、って嘘をついて出ていった。その時だけですむ用事だと思ってたから。

そうよ。帰国してからもずっと、別居状態だった。

萌さんとは神戸の空港で待ち合わせをしたんだけど、おそるおそる近付いてきて、有羽ちゃん？　って訊かれて、こっちが頷いた途端に、涙を流し始めたの。

――こんな酷い姿になって。

さっきも出てきたね、これ。一七歳の女の子に対して、こんなに酷い言葉ってある？　酷いが何を指しているか。あたしはボロボロの服を着ていたわけじゃない。お母さんは季節ごとに新しい服を買ってくれていた。去年の服を着ていたら、去年のままの有羽になっちゃう、って。その時のあたしに一番似合う服を選んでくれていた。激太りしたあともね。

じゃあ、何が酷いのか。太っていること以外に何かある？　こういう言い方すると、自分の欠点は太っていることだって認めるみたいで嫌だけど、そこにこだわり過ぎると、話が進まないから。

でも、こんなに話してていいの？　久乃先生って忙しいんでしょう？　追加料金かからない？

へえ、大丈夫なんだ？　じゃあ、続けるね。

萌さんが驚いたのはあたしが太っていたこと。別れた頃は、拒食症を疑われるほど痩せていたしね。立派に成長したって思われたかったのに。次に出たのは、もっと耳を疑う言葉だった。

――虐待じゃない。

学校と萌さんが繋がっているとは思えないから、萌さん自身がそう感じたことになる。でも、それはフィルターがかかってるから。

萌さんの中では、お母さんはママを裏切って、父親とあたしを奪ったことになっているの。そんなことになっていたなんて、あたしも知らなかった。

あたしを連れてすぐにおばあちゃんの病院に行くつもりだったみたいだけど、落ち着くために一度、家に行こう、って言われた。動揺しているのは、萌さんだけだったのに。あたしはまったく何の用事もなかったから、予定をどう変更しようがかまわなかった。

気が進むことじゃなかったのに、家に着くと、懐かしい、って感じたの。小学校に上がる前のことなのに、この家で過ごしていた時の記憶が、ワーって頭の中に溢れかえってきた。リビングのカーテンの模様は変わってるなとか、ゴッホの「ひまわり」をクロスステッチで刺繍《ししゅう》したおばあちゃん手作りの額はそのまま飾られているなとか、間違い探しができるくらい。

おばあちゃんの部屋で寝ている時は、涙がこぼれて止まらなかったけど、萌さんの部屋で寝る時は、泣かなかったことも思い出した。それを、萌さんは自分の方があたしに好かれているからだとおばあちゃんに自慢げに言っていたけど、本当は、あたしは萌さんを少し怖がっていたからで、そういう感情もあの頃の延長のように、胸の中に湧き上がってきた。

多分、萌さんだって、お母さんを一四年近く毎日恨み続けていたわけじゃないと思う。ただ、あたしを見て、当時のことを思い出して、昨日の出来事のように腹が立ってきたんじゃないかな。

リビングにはママの写真も飾ってあった。バレーボールの選手時代、デザイナーをしていた頃の、ランウェイで笑っているもの、どっちのママもすごくかっこよかった。スラッと背が高くて……、うん、スラッとね。

それから、生まれたばかりのあたしを抱っこしている写真。ああ、そうだ。ママだ。ママはこんなふうに笑う人だった。ママの面影を探すように、部屋をぐるっと見渡すと、庭に面したガラス戸に、あたしの全身が映っているのが見えた。

太った……、醜い姿だと思った。確かに、萌さんが泣く気持ちもわかる。

そんな状態で、あたしはお母さんの悪口を聞かされた。

――有羽ちゃんは騙されているはずだから、わたしが本当のことを教えてあげる。

そう言って始まったのは、冴《さ》えないお母さんがママのファッションショーに出たのをきっかけに、自分に自信をつけていく話だった。そして、お母さんも期待しながら見守る中、あたしが生まれて、ママが病に倒れる。

そこに、父親が登場した。ママが病と闘っているのに、ママを裏切って他の女と関係を持っていた悪役として。

ある時、萌さんがママのお見舞いに行くと、ママは枕に顔を押し当てて泣いていた。ママは萌さんに気付くと、涙を拭《ぬぐ》って、何でもないのだというような顔をして笑ってみせたけど、萌さんは、妹に遠慮はいらない、むしろ、誰にも何にも言わないから、悲しいことは全部自分にぶつけてほしい、とママに言った。

萌さんは、ママはあたしのことを心配して泣いていると思ったみたい。だから、ママにこうも言った。

——有羽はわたしが守るから。お姉ちゃんみたいなかっこよくて素敵な女になれるように育てるから、安心して。恵一さんも子育て大変だろうから、全力でサポートするよ。

ママはその言葉の後半に顔を歪めた。そして、ポツリとつぶやいた。

——恵一に裏切られてるの。あの人にはもう、こんな骨と皮だけになった姿、女どころか人間にも見えていないのよ。

萌さんはママの勘違いじゃないかと、半分なぐさめる気持ちで訊いたけど、ママは父親のケータイをこっそりのぞいて、メールのやりとりを見てしまったから、間違いないんだ、って。

怒った萌さんは自分が問いただしてやるってママに言ったけど、ママはそれを断った。

──復讐の方法はもう考えてあるの。

そう言って。それから、数秒後に、なーんてね、って笑って。

──恵一なんてどうでもいい。わたしが望むのは有羽の幸せだけ。有羽を託したい相手は決まっている。萌、有羽をしっかり見守ってやってね。

ママのその言葉に、萌さんは小指をからめて約束した。それでも、萌さんは裏切り者の父親を問い詰めてやりたくて、見舞いにやってきた父親を監視していた。そうしたら、病院を出たあと、近くの喫茶店に入って、数分後に、女と二人で出てきた。二人は仲良さそうに大通りに出ると、タクシーを拾って、繁華街の方に向かっていった。

その女が、お母さんだったんだって。

萌さんはお母さんに正面から問い詰めたりはしなかった。相談に乗ってほしいっていうような雰囲気を醸し出して、どうやらお義兄《にい》さんに女がいるらしい、と言ってみた。お母さんは、酷い、と答えたみたいだけど、それが本心なのか、演技なのかは判別がつかなかったみたい。

あの人は表情が読みにくいからね。

萌さんはそれ以上突っ込まなかった。あたしのために。あたしがお母さんのドーナツしか食べないことを知っていたから。お母さんを怒らせたり、遠ざけたりすることはできなかったの。

あの裏切り者、って話が終わるたびに、吐き捨てるような言い方をしていたから、その当時は、もっと腹を立てていたんだろうね。

それからしばらくして、ママが死んで、萌さんやおばあちゃんはあたしを引き取ろうとしてくれたんだけど、それが難しい状況になってしまった。おじいちゃんがね、脳溢血《いっけつ》で倒れて、そのまま介護が必要になったから。

その時のことは、ママが死んで呆然としている中でも、うっすらと記憶にある。一番とまどっているのは、あいつだった。頭をかかえたり、大きなため息を何度も繰り返したり。

おばあちゃんと萌さんは、おじいちゃんの具合が落ち着いたらあたしを引き取りたいという意思は伝えて、あたしを父親に託したの。あいつは、ご心配なく、なんて言いながらも随分弱った様子だったみたい。

だから、萌さんもかえってこれでいいんだと確信した。あたしを連れて東京に帰れば、お母さんと会うこともないし、しばらくは、他の女と会うようなヒマはできないだろうって。

そうしたら、まったく知らないあいだに、父親とお母さんが親密な関係になっていて、結婚したとペラペラのハガキ一枚で報告してきたのだから、びっくりよ。お母さんとは、ママが死んだあとはあまり連絡を取っていなかったみたい。一度、直接会ったんだけど、お母さん、萌さんにビンタされてた。あいつはその時どこに隠れていたんだろう。とにかく、そのまま絶縁。

——お父さんの症状が重くなっていくばかりで、有羽のことを引き取れなくてゴメンね。

あたしには、泣きながらそう言った。

そのおじいちゃんが昨年亡くなって、一応報告だけはしておこうと、萌さんが父親にハガキを送ったら、数日後に電話がかかってきたみたい。

弱ったことになっているんだ、と。

それがあたしの肥満だとは、萌さんは想像もしていなかったみたいね。

——お姉ちゃんを裏切ったうえに、有羽をこんな姿にして。あの性悪女は、有羽がお姉ちゃんに似ていくのが許せなかったのよ。お義兄さんがお姉ちゃんを思い出して、捨てられるのが怖かったから。だから、こんなに太らせて、可哀そうな有羽……。

そこからは、うちにおいでとか、いい病院を探してあげるからとか言われたけど、あたしは曖昧に笑ってごまかしてた。事実と異なるところがいろいろあったからね。

たとえば？　まあ、きりのいいところまで聞いてよ。

あたしは誤解を解かなければならないと思ってた。ちゃんと話そうと。でも、翌日、おばあちゃんのお見舞いに行ったら、動揺しちゃって。

おばあちゃんの姿がママと重なったの。ママとおばあちゃんの顔が似ているというのもあるけど、ママが入院していたのと同じ病院だったことの方が、インパクトが強かったんだと思う。同じ臭いがして、家に行った時以上に、当時のことがくっきりはっきりと頭の中に蘇《よみがえ》っていった。

ママの言葉。萌さんの話。あたしの九年。

こういうことだったんだ、ってわかったから。

ママがドーナツの向こうに何を見ていたか、が。

ああ、やっぱりコーラ飲みたい。出していい？

やだなあ、そんな驚いた顔しなくていいじゃん。五〇〇ミリのペットボトルかと思ったら二リットルだったからでしょう？　そこに半分以上入った、ぬるい気の抜けたコーラを一気に飲み干すデブ。

確かに、病んでるわ。うん、あたし、病んでる。ここに来た時からおかしいもん。ペラペラペラペラ、エアコン効いてるのに汗かきながらしゃべってる。あたしの躁鬱《そううつ》メーターが、一気に躁側に振りきれて、多分、もうすぐ電池切れ。

そうなる前に、全部話しておくね。多分、次のエネルギー補充までに、相当の時間がかかるはずだから。うん、そうしよう。

まずは、何からにしようかな。久乃先生なら予想がついていそうなこと。ううん、久乃先生みたいな美人が、簡単に疑いそうなこと。

父親の浮気相手が、ぽっちゃりのお母さんだった。そんなことあるはずないじゃん。結婚相手にスレンダーなママを選んだ人だよ。そういう意味では、萌さんはお母さんを女性として高評価してくれていたんだと思う。最初にちゃんと問い詰めて、誤解が生じなけりゃ、永遠の親友同士になれていたかもしれないのに。

いや、今からでも遅くはないのかな。

じゃあ、父親は浮気していなかったのか？　それはハズレ。あいつは浮気していた。だって、あたし、ママが死んだ直後に浮気相手に会ってるもん。連れてきたの、東京のマンションに。ママの実家から離れているし、あたしも幼いとはいえ、たいした度胸だよね。いや、ただの非常識か。

背が低くて、華奢な感じで、だけど胸と目だけはやたらと大きい、長い髪をくるくるに巻いた女。あの女はあたしに向かってこう言った。

——こんにちは、有羽ちゃん。わたし、料理は得意なのよ。何でも好きなものを作ってあげる。

香水の臭いが気持ち悪くて、あたしは全身で拒否するように泣きわめいた。もし、あの時そうしなければ、あの女はその後しょっちゅうやってきて、気が付いたら、あたしの母親面して、一緒に住んでいたかもしれない。

まあ、あいつは浮ついていただけじゃなく、困ってもいたんだと思う。

東京に帰ってあたしが水以外何も口にしなかったから。外食も無理、ファストフードも無理、スーパーのお惣菜コーナーで、どれなら食べられるかって訊かれたけど、あたしは黙ったまま首を横に振るだけ。

そこに、あの女がしゃしゃり出てきたのかもしれない。

でも、あたしは拒食症になっていたわけじゃない。お腹もすいていた。だから、あいつに言ったの。

——ママと一緒に食べたドーナツなら食べられる。

それがママとの約束だったから。どういうことかと思うでしょう？

あたしはママとお別れするのがつらくてたまらなかった。そうしたら、ママがこう言った。

——会いたくなったらいつでも会えるよ。この魔法のドーナツの向こうから、ママはいつも有羽を見ているからね。

だけど、それを作ってくれる人は家族でも親戚でもない。東京に戻れば会うこともできなくなる。あたしは思ったままをママに伝えた。すると、ママは人差し指を立てて口の前に寄せてから、あたしの耳元で語りかけた。

——ここからは、二人の秘密の相談。ママは有羽の新しいお母さんはあの子がいいと思ってる。あの子なら、有羽を大切に育ててくれるし、おいしいごはんを作ってくれるだろうし、ドーナツだって毎日でも揚げてくれるはず。有羽もそう思わない？

あたしはお母さんのことは好きだったけど、ママと同じくらい好きかというと、そこまではなかった。当然だよね。ママもそこは見越していた。だから、こう続けたの。

——あの子に新しいお母さんになってもらわなきゃ、目がぎょろぎょろしたこわーい女がくるかもしれないよ。その人は、ママのことなんて早く忘れなさいって、有羽に言うかもしれない。

ママはあいつの浮気相手が誰だか知っていたんだろうね。なんとなくだけど、あいつがママの仕事関係の知り合いに手を出したような気がする。千佳さん、ママの名前ね、大丈夫ですか？　って心配して訊いてきた自分の好みの女に、相談に乗ってほしい、とか言いながら。早い段階で捨てられたけど、あいつの性格くらいはわかってる。

わたしはママのことを忘れろと言う人となんて一緒に暮らしたくなかった。だけど、お母さんなら、忘れるどころか、一緒にママの話ができる。ドーナツを食べながら。そう思って、ママにお母さんの作ったものしか食べないと約束した。そのかわり、お母さんの作ってくれた料理は残さず全部食べるようにするからね、って。

今となっては、そんな作戦がよくうまくいったなと思う。だけど、新しい母親がお母さんで本当によかった。それだけは、ずっとずっと思ってた。

ママの言った通りだって。

それなのに、たった一言で、一八〇度世界が変わった。さっき話した中に出てきた言葉です。さて、何でしょう？

復讐？　正解。

復讐の方法はもう考えてあるの。ママは萌さんにそう言ったあと、なーんてね、って誤魔化したようだけど、あれは、本心だったんじゃないかな。

闘病中に他の女に手を出した夫への復讐。自分が死んだあと、あいつとその女が再婚するのを邪魔するために、あたしを……、利用したんじゃないかな。

浮気相手の女の真逆のタイプをあてがってやろうと、お母さんのことも利用したんじゃないかな。

あたしが大好きだったママは、本当はあたしが思うような優しい人じゃなかったのかもしれない。

そんなことない？　どうして、久乃先生が言えるの？

だからって、あたしは自分が不幸だなんて思ってない。ママの作戦だったとしても、思惑はどうだったとしても、あたしはお母さんが母親になってくれてよかったと心から思ってる。

二人であの町で過ごした九年は本当に楽しかった。友だちもいたし、学校も、ダンスも、嫌だったことが何もない。中学の時なんて、文化祭のコンテストで「イケメン女子」に選ばれたことがあるんだから。超人気者でしょう？

あたしは、幸せに、幸せに、太っていったの。あたしの贅肉はお母さんや周りの優しい人たちからの愛のかたまりなんだよ。

それなのに、自分こそが正しいと信じ込んでいる教師に出会ってしまった。でも、それはいい。あの人は他人だから。学校を離れたら、もうかかわらなくていい人だから。

問題は同じタイミングで帰国した父親。あいつはお母さんと離婚したいんだよ。アメリカで仲良く暮らしていた女と再婚したいの。

闘病中に付き合ってた人？　ううん、違う女。あいつはそんなに一途《いちず》じゃない。ママの闘病中に付き合ってた女には振られたんだよ。だから、ヤケになってお母さんと結婚した。まあ、結婚は、アメリカ赴任にあたしが邪魔だったのが一番の理由なんだろうけど。心機一転、解放されるために結婚した。

おかしな話だよね。

で、向こうで新たな出会いがあって、二人仲良く帰国して、九年間も娘を育ててくれた恩人であるお母さんとは離婚したい。そんなことが許される？　まあ、お母さんは離婚を正面から切り出されたら、普通に応じてしまいそうだけど。

それなら、慰謝料をいっぱいぶんどってやればいい。なのに、ケチなあいつはそこをどうにかしたい。それでも、帰国当初は、少ない慰謝料で円満離婚ができればいいなあ、くらいに考えていたかもしれない。

だけど、あたしを一目見て、考えが変わった。有羽は正常に育てられたとは言えないのではないか。そこに、高校の担任から連絡が入る。娘さんは虐待を受けています、と。

先生のことは鬱陶しいと思いながらも、これは利用できる、と思ったはず。

不登校になったあたしを新しい環境に置くという名目で、まずは、あたしとお母さんを引き離す。それから、お母さんが虐待をしていたと訴える準備を始める。都合よく、前妻の身内からも連絡があった。その人たちにも、あたしがお母さんから虐待を受けていたと相談し、証拠を固めていく。

お母さんは、ママの策略にはまって好きでもない男と結婚したうえに、血の繋がっていない子どもを一人で九年も育てるハメになり、そのうえ、虐待親として訴えられようとしている。

あたしたち親子に出会わなければ、ちゃんとした人と結婚して、自分の産んだ子どもを育てていたはずなのに。大切な時間を奪っただけじゃなく、この先の幸せな人生まで邪魔をしようとしている。

お母さんはもうすでに弱っていて、闘うことはできないはず。

お母さんを守れるのは、あたししかいない。

九年間、育ててもらった恩返しよ。それと、ママがやってしまったことへのつぐない。この問題はどうすれば解決できる？

あたしが痩せればいい。そうすれば、お母さんの虐待はなかったことになる。贅肉をつけたことが虐待なら、肉をなくせばいい。

運動はできない。だけど、萌さんに相談したら、信頼できる美容外科の病院をすぐに探すと言ってくれた。萌さんには裏がないからね。むしろ、痩せたあとに、ちゃんと誤解をといて、お母さんとまた友だち同士に戻ってほしい。

うん、間違っていない。贅肉がなくなると、お母さんとももう親子じゃなくなるような気がして、迷っていたところもあるけれど、そんなことはない。お母さんはあたしをわざと太らせていたわけじゃないんだから、あたしが痩せたからって冷たい態度を取ったりするはずがない。

また、一緒に暮らそうと言ってくれる、きっと。

そうだよね、久乃先生。ぽっちゃりのお母さんは根暗でも陰険でもない。明るく優しく正義感の強い、最高のお母さんだって、あたしがみんなに証明するの。

だから、お願いします。あたしの脂肪を吸い取ってください。

＊

ああ、レコーダーに粉がついちゃった。はい、ウエットティッシュ。

久乃さん、これで全部なの？　有羽の声は、これでおしまいなの？　このあと、同じ日かは知らないけど、手術を受けるんでしょう？　術後の声は録音していないの？

これだけなのね。

どうして、わたしのところにもっと早く来てくれなかったの？　有羽が生きているあいだに。

吉良有羽と横網八重子が結びつかなかった？　でも、今ここにいるじゃない。

それに？　……何よ。

守秘義務がある？　よくもまあ、そんな言い方を……。わたしに聞かせておいて？　死んだあとなら、義務はなくなるっていうの？　そんなのあなたの解釈次第じゃない。

そもそも、こんな録音したものなんか、聞かせてくれなくてよかった。これって、カウンセリングだったんでしょう？　有羽の話を聞いて、脂肪吸引するのがベストだって、久乃さんも判断したっていうことよね。

どうして、今の話を直接お母さんにしてきた方がいい、って言ってくれなかったの？　せめて、久乃さんが萌にこれを聞かせてくれていたら、彼女からわたしのところに連絡があったかもしれない。そうしたら、わたしと話しにくくても、堀口くんに、相談してくれたかもしれない。「お母さん」が横網八重子であることをあなたが知ることができたかもしれない。息子の星夜くんは、有羽と同級生で、有羽が東京に行ってしまったあとも気にかけてくれていた。有羽も、録音を聞いて、星夜くんのことが好きだったことがわかった。星夜くんならどうにかできたかも……。

ううん、やっぱり、わたしが直接、有羽の気持ちを知りたかった。いくら、有羽がああ言ってくれていても、久乃さんは有羽の「お母さん」のこと、わたしのことを根暗で陰湿だって思っていたんでしょう？　虐待しているって疑っていたんでしょう？

美容外科医だから、深く介入することができない？　それなら、患者の身の上話なんて聞くことないじゃない。ハンコ一つで引き受けて、あとは知らん顔していたらいいじゃない。

この話を聞いていたら、結末は変わっていたか？　当然よ。

痩せたあとの有羽のことを教えてほしい？　手術前に想像しなさいよ、そんなこと。有羽が死んだのが、自分が手術をしたせいじゃないかって、気にしているんでしょう？

痩せれば問題は解決するはずなのに、幸せになっていなきゃおかしいはずなのに、どうしてこんなことになったのか。

安心して、久乃さんのせいじゃない。

知りたいんでしょう？　でも、少し待って、ドーナツを揚げるから。せっかく捏《こ》ねたんだし、ちゃんと二人で食べましょうよ。

おまたせしました。熱々をどうぞ。わたしも一つ、食べるね。

この穴をのぞくとね、一番きれいだった頃のわたしが見える。なんか、白雪姫の魔法の鏡みたいだね。

千佳さんのショーのランウェイに立った時の姿じゃない。もう少しあと。千佳さんの闘病中。本当のことを話すよ。できるだけ。そう、できるだけ。わたしが本当だと思っていることを。

病院のエレベーターって大きな鏡がついているでしょう？　そこに映った自分の姿。ある時、すごくきれいだなって思ったの。

化粧や髪形や服装のことを教えてくれたのは千佳さんだけど、そういうことじゃない。肌がつやつやで目も輝いていて、生命力に溢れる美しさ。

わたしはそれを千佳さんに……、見てもらいたいんじゃなくて、見せつけたいんじゃないかと思った。人生を変えてくれた、一番尊敬する人に対して、わたしが優越感を抱こうとしていたのは、千佳さんの夫を好きになったから。

お見舞いのあと、いつ食事に誘われてもいいように、自分にできる万全の状態で病院に向かっていた。そんなわたしに千佳さんは、きれいね、と、いつも言ってくれた。それがある日、うらやましい、に変わって、その帰りに乗ったエレベーターの鏡で、じっと自分を見てみると、思わず息をのんでしまうような姿が映っていた。

まるで、わたしが千佳さんの生命力を吸い取ってしまったかのような。

それから幾日も経たないうちに、メグから、恵一さんに女がいるという話を聞いた。

わたしのことだ。とっさにそう思えるほど、わたしは自分に酔っていた。……ことになるんだろうね。他に女がいるなんて想像もせずに。昔のわたしなら、たとえ浮気相手が自分でも、別の女がいるんだってショックを受けていたはずなのに。

一度だけ、酔った勢いでキスされた。たった、それだけのことで、わたしは千佳さんから恵一さんを奪ったつもりでいた。

せっせとドーナツを作って届けていたのは、その後ろめたさを埋めるためでもあったかもしれない。

自分のことなのに、かもしれない、なんておかしいよね。過去の記憶は変えようがないのに。外から、こうだったんじゃないかって強く断定されたり、繰り返し言われたりすると、考えたこともなかったような感情まで、実は心の奥底に封印していただけで、本心はそっちだったんじゃないかって思えてくる。

自分で自分がわからなくなってくる。

ただ、これだけは断定できる。千佳さんが亡くなった時、わたしは罪悪感を抱いていた。恩人を裏切った、って。千佳さんはわたしが裏切っていることを知っていて、いつか打ち明けて、謝罪するのを待っていたんじゃないか。わたしの良心を信じてくれていたんじゃないか。そして、がっかりしたまま、旅立った。

だから、有羽に食事を届けたり、お世話ができたりするようになって、ホッとしていたところもある。恵一さんと結婚できることになった時には、勝手に、これは千佳さんが許してくれたからだ、なんて解釈しようとしていた、のかな。よく、わからない。

それでも、有羽が大切で、一生懸命育てたっていうのは、自信を持って言える。

有羽をわざと太らせようと思ったことなんて、一度もない。むしろ、有羽の食欲が落ちることが怖かった。有羽がわたしの作ったものを食べてくれるのが嬉しかった。

太っている人が必ずしも病気を持っているわけじゃない。有羽が膝を痛めたことは心配だったけど、わたしも十代の頃に膝を痛めたことがあって、だけど、それも酷い症状にはならずに治ったから、年齢的なものだろうと楽観的に捉えてた。

それでも、あの教師に責められるのは耐えられなくなって、根暗で陰湿だって嫌われていた頃の自分に戻って、自分を守るために、殻に閉じこもってしまった。有羽もいるのに。不登校になって、異常にドーナツをほしがるようになった有羽が。

恵一さんに勧められるまま、有羽だけを東京に返すことにした。有羽もそれを承知したから。有羽がどうしてそう判断したかなんて、考えようともしなかった。ただ、自分が非難の声から解放されることにホッとした。

だけど、逆。有羽のいない生活は、わたしを昔の自分に戻していったの。

みんながわたしの悪口を言っている。わたしはみんなに嫌われている。あいつは虐待親だ。恩人を裏切った、心も体も醜い女だ。

なぜか、毎日ドーナツを作っていた。食べてくれる人はいない。穴をのぞいても何も見えない。なのに、まるでそうしていないと生きていけないかのように……。

それから、何日、何カ月経っていたんだろう……。

誰も訪れないはずの玄関ドアが開く音がして、パタパタと足音が響いて、そこのドアが開いて……、千佳さんが立っていた。

わたしは悲鳴を上げて、来るな、来るな、と叫びながら、手当たり次第にその辺のものを投げつけた。

ゴッて音がして、よく見ると、おでこから血が流れていた。

千佳さんのじゃない。何度も何度も、小さな頃は毎晩撫でていた、有羽のおでこから血が流れていた。大きな目からは涙が流れていて、きゅっと口角のあがった可愛らしい口から小さな声が漏れた。

——ごめんなさい。

それが、わたしが有羽を見た最後。わたしは逃げるように家を出て行ったから。できたてのドーナツを残したまま。有羽を残したまま……。

千佳さんはわたしを利用したのかもしれないけど、恨んではいなかったのよね。それどころか、有羽を託す相手として、わたしを選んでくれていたってことよね。

わたしが千佳さんに怯える理由は何もなかった。それなのに……。

千佳さんと同じ姿で現れた有羽に、わたしはどうすればよかったの。わたしたち親子、って言ってもいいでしょう？　わたしたち親子には何が足りなかったんだろう。

何が欠けていたんだろう。

わたしに何があれば、有羽を失わずに済んだんだろう。

久乃さんの旅は多分、ここが終点でしょう？　それなら、答えを教えてよ。

わたしはこの穴の向こうに、この先何を見れば生きていけるのかを。わからないなら、せめてこの穴を塞《ふさ》いでよ。

サノちゃんの素敵な魔法の力で……。

わたしに欠けているものを、全部ちょうだいよ。

橘久乃講演会「前を向いて生きていくために」

まずは、理想論を言わせてください。すべての人が、他者を外見で判断するのではなく、内面に目を向けるようになれば、もっと生きやすい世の中になるのではないか。

背が高いのも低いのも、太っているのも痩せているのも、目が大きいのも小さいのも、鼻が高いのも低いのも、全部、表面上の個性であって、そこから内面を推しはかるのは浅はかな行為だと、心の底から思える……、わけがありませんよね。

生後数カ月の赤ちゃんでさえ、おばさん、もちろん私を含めてですが、おばさんが極上の笑顔でいないいないばあをしてもムスッとしているのに、若い女の子が視界に入っただけでニコニコすることがある。思い当たる方がかなりいらっしゃるみたいですね。

どうぞ、遠慮なく笑ってください。ここでは、思ったままの感情を顔に出していただきたい。学校の授業じゃないんだから。かといって、隣の人が笑っているから自分も笑わなきゃ、なんて思わないでほしい。

基準を他者に委ねないで。

私は思ったことをストレートに口に出すタイプです。子どもの頃から。好き、きらい、かわいい、汚い、おいしい、まずい。それから、うらやましい、かわいそう……。素直に、思ったままに。

周囲は、特に同性の同級生たちは、私のことをうらやましがりました。美人は何を言っても許されるからいいね、と。性格の悪さを顔がカバーしていると、まるで褒め言葉のように口にするのです。

確かに、そういうところもあったかもしれない。だけど、それだけが私ではありません。誰よりも身だしなみには気をつかい、自分に似合う髪形や服装のことを、毎晩、真剣に考えていました。

そんな私に、外見以外のことにも目を向けさせようとしたのは、母でした。母は裕福な家庭で育ちましたが、教育に関しては思うような道に進ませてもらうことができませんでした。女は目立ってはいけない。会社を経営していた祖父は、当然のように長男に継がせようとしていた。

しかし、長男も次男も飛び抜けて優秀というわけではない。そんな中で、一人娘が兄たちよりもいい学校に進学することを、祖父は良しとしなかったのです。

母は自分の能力を試してみたかった。グループの先頭に立って、世の中の役に立つことをやってみたかった。祖父が亡くなり、その財産を兄たちと平等とは言えないまでも、手に余るほど受け継いだ母は、美容サロンを経営する傍ら、女性ばかりの福祉活動団体を立ち上げました。

最初は、バザーに出すためのクッキーを焼いたり、手芸品を作ったりといった、趣味のサロンのような集まりでしたが、こっそり身に付けていた語学力を生かし、世界中の福祉団体に毎日のように手紙を書いているうちに、活動の場は日本の小さな田舎町から、世界へと広がっていったのです。

そこに初めて同行したのは、高校一年の夏休み。星がきれいなだけの、貧しい村々に粉ミルクを届けてまわりました。

道路は未舗装で、水たまりだらけのぬかるんだ道。靴はドロドロ、おまけに、前を歩く人がはね上げる泥で、服も顔も汚れてしまいます。こんなところに来るんじゃなかった。そんな後悔も、村のお母さんたちに粉ミルクの缶を配っていくうちに薄れていきました。嬉しそうな笑顔を見て。ありがとうと感謝されて。

見た目など関係ない。自分の行為が喜ばれている。実際に喜ばれたのは粉ミルクの缶ですが。しばらくすると、我が目を疑う光景が飛び込んできました。ある母親が早速ミルクを作り始めたのですが、できあがったものはまるでコーヒー牛乳のような……、そういう水しか手に入らないのだそうです。

だから、病気の子も多かった。出生率は日本より高くても、五歳まで生きられる確率は格段に低い。そういった地域なので、他国のボランティアグループの姿もありました。その中でも、アメリカからの女性ばかりの医療チームは、すばらしかった。

一人の人間が行えることに対して、これほど差があるなんて。

その時、初めて自分の中に空洞ができたことを感じました。自分に足りないもの。輝いて見える人と自分との差。

帰国後、私は医者を目指して猛勉強しました。手に入れたいものは美しさではなかった。私という人間を誰かが語る時、外見の美しさを最初に出されることに、一番、反発していた頃です。

そのせいで、好きだった男の子ともうまくいかなくなってしまったんですけどね。

そうして、医者になり、個人としての発信力を高めるために、母から助言を受け、ミス・ワールドビューティーのコンテストにも出させてもらい、今の私がいます。

大事なところを飛ばさなかったか、といったお顔がちらほら見えています。

どうして美容外科医になったの？　といったところでしょうか。専門は皮膚科です。空洞が満たされて、改めて自分を見つめ直すと、やっぱり私はおしゃれが好きで、きれいなものが好きで、美しくありたいと思ったんです。

生命に関わる大病に冒されている人を救う行為も尊いけれど、それは男性の医者でもできる。それこそ、外見なんて関係ない。それよりも、私だからこそ救える人たちがいるのではないだろうか。

この世の中が外見の美しい人に優しいのなら、皆、きれいになればいい。むしろ、それをためらう理由がわからない。医学の力でできることを、どうして拒否する必要があるだろう。

自信や尊厳を失った人がしっかりと前を向いて生きていけるようになるために、自分は手助けをしてあげている、という誇りを持っていたのですが……。

果たして、そう言い切っていいのか。むしろ、痩せている、目が大きい、鼻が高い、唇がぽってりしている、胸が大きい、そんなことが美しさ、そしてそれらを手に入れれば幸せになれるといった、根拠のない小さな価値観、誰かが作ったくだらない枠に、個性ある人を押し込むことにひと役買っているのではないか。そういう疑問が生じる出来事がありました。

こんなの、くだらない校則を押し付けている教育者と同じではないか。

私のやるべきことは何なのか。

皆さんはもし、過去の自分に戻ることができたら、いつ、どの時がいいですか？

旦那さんに出会う前、なんて声が聞こえてきたりもしますが……。

戻る必要などない。今が一番幸せ。そう感じている方もいらっしゃるのではないでしょうか。頷かれた方の笑顔が素敵です。

きっと、そういう方は私の本を買ってくれたり、このように講演会にきてくれても、クリニックのドアは叩かれないのではないかと思います。

外見の美しさは一生ものではありません。肌のはり、豊かな毛髪、失っていくものもあれば、いつの食糧難に備えているのか、お腹や腰、背中や二の腕、いたるところに増えていくものもあります。

それって、なんだかジグソーパズルのピースに似ていると思いませんか？　人それぞれに似ているようで少しずつ違うへこみやでっぱりがある。

それは何も、外見だけを表しているのではなく、内面だってピースの形に現れる。長所があり、短所があり、好きなものがあり、苦手なものがある。そうやって、自分というカケラができあがる。

カケラとカケラがはまって、家族ができ、町ができる。そして、一枚の絵の一片となる。だけど、皆がうまくはまれるとは限らない。学校という名の絵、会社という名の絵、なぜだか、自分だけ浮いてしまっている。この絵の中に自分の居場所はないのかもしれない。とはいえ、簡単に次の絵を探すことはできない。

無理に押し込むと、周囲のバランスも崩れてしまう。

少し形を変えれば、うまくはまるのに。

それが外見の問題だと感じた人が、クリニックのドアを叩く。

もしくは、かつてはぴったりはまっていたのに、徐々に違和感を覚えるようになった。ちゃんとはまっていた頃の自分に戻りたい。あの形に少しでも近付きたい。

そう望んでクリニックのドアを叩く人もいる。

もちろん、大歓迎です。形を補正したその先に、幸せな絵が見えているなら。

だけど、一つ憶えておいてほしいのは、自分の理想の形が必ずしも他人にとってもそうではないということを。

同じ形が揃えば揃うほど、絵は作りやすい。このピースはここじゃなければならない、という決まりがないのだから。だけど、そんなパズル、つまらないと思いませんか。できあがった絵もつまらなそうじゃないですか。

自分の作りたい絵に対しては不自然に思えるピースでも、そのピースがぴたりとはまる場所は必ずある。

逆に、自分がはまる絵を思い描くことができない、ということもあるかもしれない。そういう時にも、よかったらご相談ください。その絵を一緒に想像しましょう。

あなたというカケラがぴったりはまる場所は、必ずあるから――。

初出「小説すばる」二〇一九年四月号〜一〇月号
単行本化にあたり、加筆、修正を行いました。
本作はフィクションであり、実在の個人・団体等とは無関係であることをお断りいたします。

湊かなえ（みなと・かなえ）
一九七三年広島県生まれ。二〇〇七年「聖職者」で小説推理新人賞を受賞、受賞作を収録した『告白』でデビュー。同作で〇九年、本屋大賞を受賞。一二年「望郷、海の星」で日本推理作家協会賞短編部門、一六年『ユートピア』で山本周五郎賞を受賞。一八年『贖罪』がエドガー賞候補となる。その他の著書に『夜行観覧車』『白ゆき姫殺人事件』『母性』『リバース』『山女日記』『未来』『落日』など多数。

装画　水口理恵子　　装幀　山田満明

カケラ
二〇二〇年五月二〇日　第一刷発行
二〇二〇年七月二二日　第三刷発行
著　者　湊《みなと》かなえ
発行者　徳永 真
発行所　株式会社 集英社
〒一〇一-八〇五〇
東京都千代田区一ツ橋二-五-一〇
電話　〇三-三二三〇-六一〇〇（編集部）
〇三-三二三〇-六〇八〇（読者係）
〇三-三二三〇-六三九三（販売部）書店専用
印刷所　凸版印刷株式会社
製本所　加藤製本株式会社
定価はカバーに表示してあります。

ISBN978-4-08-771716-7 C0093

湊かなえの本

白ゆき姫殺人事件

化粧品会社の美人社員が遺体で発見された。犯人として浮かび上がってきたのは行方不明になった被害者の同僚。ネット上では臆測が飛び交い、週刊誌報道は過熱する一方で――。匿名という名の皮をかぶった悪意と集団心理。噂話の矛先は一体誰に刃を向けるのか。傑作長編ミステリ。

（集英社文庫／電子書籍）

ユートピア

太平洋をのぞむ美しい海辺の街、鼻崎町。足の不自由な小学生・久美香の存在をきっかけに、母親たちがボランティア基金「クララの翼」を設立。しかし、些細な価値観のズレから連帯が軋みはじめ、やがて不穏な事件が姿を表わす――。
緊迫感あふれる、心理サスペンスの決定版。

（集英社文庫／電子書籍）